수업

수업

김용택 · 도종환 · 양귀자 · 이순원 외 지음

황소북스

사는 게 힘들고 고단할 때 우리는 가던 길에서 주저앉곤 합니다. 생각지도 못했던 고난이 닥쳤을 때 후다닥 뒷걸음질을 치기도 합니다. 그러곤 다른 길은 없는지 두리번거립니다. 그렇게 우왕좌왕하다가 길을 잃는 경우가 많습니다.

하지만 그 순간에 우리가 어느 길로 가야 하는지는 이미 오래전에 배웠습니다. 아주 어릴 때부터 지금까지, 우리 주위에는 많은 선생님들이 있었습니다. 또 크고 작은 수업이 우리에게 지혜를 가르쳤습니다. 다만 우리가 그 사실을 잊고 있거나 과소평가하면서 지나쳐왔을 뿐입니다.

이 책은 그 점을 일깨우기 위해서 기획되었습니다.

시인과 소설가들이 기억의 창고에서 찾아낸 다양한 수업 이야기는 우리가 소중한 가르침들 사이를 지나왔다는 사실을 깨닫게 해줍니다. 빙그레 미소를 지으며 학창 시절을 돌아보게 하는 내용도 있습니다. 너무나 솔직한 고백에 화들짝 놀라기도 합니다. 가슴이 뜨거워지면서 코끝이 찡해지는 장면도 나옵니다. 그렇게 문인들의 수업 이야기에 빠져들다보면 그동안 배워왔던 것들이 다투어 떠오를 것입니다. 그리고 그 기억들은 힘들고 막막할 때 길을 잃어버리지 않는 나침반이 되어줄 것입니다.

이 책을 위해서 집필 중이던 원고를 밀어놓고, 이미 계획되어 있는 일정을 취소하고, 안식년으로 나가 있던 영국 생활을 잠시 접고 귀한 옥고를 써주신 작가 선생님들께 깊이 감사드립니다.

| 차례 |

2부

열여덟 살의 문학 수업

1부

내 생애 가장
특별한 수업

제 마음속 어린아이가 날아갑니다.

가방에는 날개가 돋습니다. 저는 암만 노력해도 영영

불행한 사람은 못 될 것 같습니다. 감사합니다, 선생님.

김나정 『걸레 좀 가져와라』 중에서

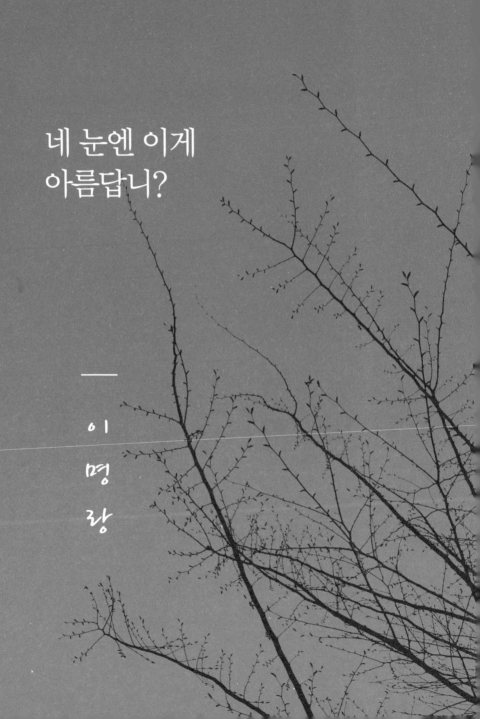

네 눈엔 이게
아름답니?

이
명
랑

미술 시간이 싫었다. 초등학교 때부터 싫었다.

왜냐고?

그야, 늘 잘 그린 그림을 뽑으니까. 솔직히 한 번도 고개를 끄덕거려본 적이 없었다. 고개가 안 끄덕여졌다.

미술 시간이 끝나고 선생님께서 아이들의 그림을 주욱— 둘러보신 뒤에 '잘 그린 그림'을 뽑아 교실 뒤 칠판에 붙여놓으면 내 입에서는 어느새 "흥!" 소리가 터져 나왔다.

정말 "흥!"이었다.

뭐가 잘 그린 그림이란 말인가?

쉬는 시간에 쪼르르 교실 뒤 칠판으로 달려가 선생님이 뽑은 '잘 그린 그림'을 요리조리 들여다보기도 했다.

왜냐고?

그야, 내 그림도 '잘 그린 그림'에 뽑혔으면 했으니까.

그러나 내 그림은 '잘 그린 그림'에 뽑히지 못했고, 교실 뒤 칠판에

떡— 하고 붙는 영광을 누려본 적도 없다.

초등학교 내내, 미술 시간만 되면 나는 오늘은 정말 잘 그리겠다고 결심했고, 그림을 다 그린 뒤에는 오늘은 꼭 잘 그린 그림에 뽑힐 거라고 기대했고, 다시 내 손으로 되돌아온 스케치북을 덮으며 낙담하곤 했다.

내 그림은 왜 '잘 그린 그림'이 될 수 없을까? 나는 정말 그림에 소질이 없는 걸까?

그런 생각을 하며 '잘 그린 그림들'을 들여다보곤 했다. 그러나 나는 도무지 알 수 없었다. 왜 이 그림들이 잘 그린 그림일까? 나무는 한결같이 하늘로 쭉 뻗어 있고, 하늘은 지겹게 푸르기만 하고, 꽃들은 얄밉게 예쁘기만 한 이런 그림들이 정말 잘 그린 그림인 걸까?

내가 그런 질문을 하면, 내 친구들은 참 당연한 걸 왜 너만 모르냐는 표정으로 이렇게 말하곤 했다.

"당연하지! 저렇게 잘 그렸으니까 당연히 잘 그린 그림이지. 네 눈엔 저 그림들이 안 예쁘니?"

물론 교실 뒤 칠판에 붙은 '잘 그린 그림들'은 예뻤다. 예쁜 데다 선도 반듯반듯, 구도도 완벽, 정말이지 흠잡을 데라고는 없이 잘 그린 그림들이었다.

그러나 그래서 어쨌단 말인가?

예쁘면 다야? 반듯하면 다냐고?

그림이 그림다워야지!

그랬다. 어린 마음에도 나는 그림은 그림다워야 한다고 생각했었나보다. 그런데 그림다운 그림이 어떤 그림인지는 알지 못했다.

그렇게 '잘 그린 그림들'에 대한 의문을 품은 채 초등학교를 졸업하고 중학생이 되었다. 중학교 1학년, 첫 미술 시간이 되었다. 약간은 기대를 갖기도 했다.

어쩌면 중학생을 가르치는 미술 선생님은 다를지도 몰라.

그러나 나의 기대는 곧 무참히 짓밟혀버렸다.

"자, 오늘은 손을 그려본다. 자기가 제일 아름답다고 생각하는 자기 손 모양을 그려보는 거야."

미술 선생님은 하얀 스케치북 가득 자신이 생각하기에 가장 아름답다고 생각하는 손 모양을 그려보라고 하셨다. 나는 다섯 손가락을 쫙 펴보기도 하고, 주먹을 쥐어보기도 하고, 손바닥을 활짝 펴보기도 했다. 내가 이런저런 손 모양을 만들어보는 사이에 아이들은 벌써 스케치를 시작하고 있었다. 대부분 손등을 위로 오게 하거나 주먹을 쥐고 있었다.

아이들 눈에는 저런 모양이 아름다워 보이는 걸까? 저런 모양은 너무 평범하잖아!

세상엔 저런 사람도 있구나.
자기가 서 있는 곳을 우주의 중심으로 만드는 사람…….
미술 선생님을 바라보다 나는 태어나 처음으로
'내가 그리고 싶은 그림'을 그려봐야겠다고 결심했다.

나는 아이들이 그리는 것과는 조금 다른 모양을 그려보고 싶었다. 그래서 이런저런 손 모양을 계속 만들어보았고, 그러다 내 마음에 드는 모양을 발견했다.

오른손을 옆으로 세운 뒤에 엄지에 힘을 꽉 주고 허리를 뒤틀 듯 나머지 네 개의 손가락을 뒤튼 모양이었다. 평범하지 않고, 곡선이 잘 드러나는 모양이었다. 내 눈에는 말이다.

나는 열심히 스케치를 했다. 흡족했다.

이 정도면 정말 괜찮은걸!

내 그림을 내려다보며 빙그레 미소를 지었다. 그런데 곧 뒤쪽에서 퉁명스러운 목소리가 들려왔다.

"야, 이명랑! 네 눈엔 이게 아름답니?"

어느새 뒤로 다가온 미술 선생님께서 어깨너머로 내 그림을 내려다보고 계셨다.

"……."

나는 미술 선생님의 목소리가 너무 퉁명스러워서 차마 대답을 하지 못했다.

"그림엔 그 그림을 그린 사람의 마음이 표현되는 거야. 왜 하필이면 이렇게 잔뜩 뒤틀린 손 모양을 그린 거냐? 이건 네 마음이 이렇게 뒤틀려 있다는 증거라구!"

미술 선생님의 말에 나는 정말 쥐구멍에라도 기어들어가고 싶었다. 얼굴이 확확 달아오르고, 내가 그린 그림을 찢어버리고만 싶었다.

그러거나 말거나, 미술 선생님은 하고 싶은 말을 다 하고는 빠르게 내 옆을 스쳐 지나갔다. 당연히 내 손 모양 그림은 '잘 그린 그림'에 뽑히지 못했다. '잘 그린 그림'에 뽑히지 못했을 뿐만 아니라 '마음이 뒤틀린 아이'라는 낙인까지 찍혀버렸다.

나는 정말 마음이 뒤틀린 아이인가?

왜 다른 아이들처럼 예쁘고 깨끗하고 사랑스러운 것에 마음을 빼앗기지 못하는 걸까?

중학교 1학년, 첫 미술 시간 이후로 나는 나 자신에 대해 진지하게 생각하게 되었다. 다른 여자아이들이 좋아하는 것을 나도 같이 좋아해보려 노력했고, 다른 여자아이들이 아름답다고 생각하는 것을 나도 같이 아름답다고 생각하려고 애썼다.

그러나 시간이 갈수록 그런 노력은, 다시 말해 다른 사람과 같아지려는 노력은 나를 행복하게 만들기는커녕 '나는 왜 남들처럼 느끼지 못할까?'라는, 나 자신에 대한 의심만을 키우게 했다.

게다가 우리 반에는 초등학교 때부터 계속해서 미술 학원에 다니던 친구가 있었는데, 미술 선생님은 언제나 그 친구의 그림만 칭찬하셨다.

"자, 이 친구 그림을 봐라. 명도, 채도, 뭐 하나 빠지는 것 없이 완벽하지?"

미술 선생님이 입에 침이 마르도록 칭찬하시곤 했던 친구의 그림은 내 눈에는 '그저 잘 그린 그림'이었다. 열심히 연습을 하기만 하면 누구나 그릴 수 있는 그런 그림. 그런데도 미술 선생님은 언제나 그런 그림들만을 칭찬하셨고, 나는 결국 미술에 흥미를 잃어버리고 말았다.

그런 내가 잠시나마 '화가'가 되겠다는 꿈을 갖게 된 것은 중학교 2학년 때 새로 오신 미술 선생님 덕분이었다.

나는 지금도 그날을 잊지 못한다.

5교시였고, 점심을 먹은 뒤라 몰려오는 졸음과 씨름을 하고 있는데, 벌컥 문이 열리며 낯선 남자가 교실로 들어왔다. 낯선 남자는 목에 수건을 두르고 있었다. 게다가 오래도록 빨지 않은 것 같은 바지에서는 쉰 냄새가 나는 듯했다.

수위 아저씨가 왜 교실에 들어왔지? 형광등 갈 때가 되었나?

나는 그 낯선 남자가 분명 수위 아저씨일 거라고 생각했다. 그런데 그 낯선 남자는 형광등을 고치러 온 수위 아저씨가 아니라 새로 온 미술 선생님이었다!!!

"밥 먹고 졸려 죽겠지? 나가자!"

미술 선생님은 다짜고짜 나가자고 했다. 아이들은 환호했다. 우리는 스케치북과 4B 연필만을 챙겨 운동장으로 달려 나갔다.

"아무거나 눈에 띄는 거, 그리고 싶은 거 그려봐라."

미술 선생님은 운동장을 휘— 둘러보고는 그렇게 아무거나 그리라고 하셨다.

정말? 괜히 거짓말하시는 거 아닐까? 말로는 아무거나 그리라고 하셨지만 그래도 근사한 걸 그려야 하지 않을까?

나는 눈을 가늘게 뜨고 새로 온 미술 선생님을 살폈다. 내가 쳐다보거나 말거나 미술 선생님은 운동장 한가운데 우뚝 서서 하늘을 올려다보고 계셨다. 마치 그렇게 서서 태양과 눈싸움이라도 하는 듯이.

순간 내 눈에는 미술 선생님이 두 발을 딛고 하늘을 올려다보고 계신 바로 그 지점이 우주의 중심처럼 느껴졌다.

세상엔 저런 사람도 있구나. 자기가 서 있는 곳을 우주의 중심으로 만드는 사람…….

미술 선생님을 바라보다 나는 태어나 처음으로 '내가 그리고 싶은 그림'을 그려봐야겠다고 결심했다.

나는 운동장 구석에 자리를 잡고 앉았다. 무릎 위에 스케치북을 올려놨다.

이 하얀 우주에 나는 무엇을 그리고 싶은 것일까?

나를 감싸고 있는 것들을 둘러보았다. 학교를 감싸고 있는 회색의 우중충한 건물들, 어딘지 모르게 외로워 보이는 국기 게양대, 굳게 닫혀 있는 교문……. 그러다 내 시선은 담벼락을 따라 주욱 늘어서 있는 나무들에게로 향했다.

아! 우리 학교에도 나무가 있었구나.

이 회색빛 건물들 사이에서 나무만은 죽지 않고 숨 쉬고 있었구나.

나는 마치 처음 보기라도 한 것처럼 오래도록 나무를 바라보았다. 오래 바라보고 있으려니 나무들이 하늘을 향해 무슨 신호인가를 보내는 것만 같았다. 나는 스케치북을 들고 일어났다. 나무에게로 가서 손바닥을 넓게 펴고 나무가 하는 말을 들어보았다.

나무는 꺼끌꺼끌했다. 죽은 것처럼 보이기도 했다. 하지만 바람이 스치고 지나갈 때마다 그 나무는 미세하게 가지를 떨어대는 것으로 '나 살아 있어요! 나 살아 있어요!'라고 외치고 있었다.

나는 나무 밑동에 등을 기대고 앉아 스케치북에 나무를 그리기 시작했다. 그런데 내가 그린 나무는 하늘을 향해 곧장 뻗어 오른 나무가 아니었다. 밑동 부분에서부터 몸통이 두 쪽으로 갈라져 있는 나무였다. 두 쪽으로 갈라진 몸통으로 힘겹게 하늘을 떠받치고 있는 듯한 모습을 하고 있었다.

스케치를 끝마치고 내가 그린 나무를 내려다보았다. 순간, 퉁명스러운 목소리가 내 어깨를 툭 치는 듯했다.

"야, 이명랑! 네 눈엔 이게 아름답니?"

퉁명스러운 목소리로 내 손 모양 그림을 내려다보며 이 그림이야말로 네 마음이 뒤틀려 있다는 증거라고 몰아세우던 1학년 때 미술 선생님의 말이 귓가에서 맴돌았다.

왜 나는 또 이런 나무를 그린 걸까? 왜 온전한 몸통으로 하늘을 향해 가지를 뻗어 올린 나무를 그리지 못한 걸까?

그런 생각이 들자, 새로 온 미술 선생님에게 그림을 보여주는 것이 겁났다. 나는 스케치북을 움켜쥐었다. 스케치를 했던 도화지를 찢으려고 했다.

그때, 머리 위로 길게 그림자가 졌다. 내 앞을 가로막은 검은 그림자 속에서 이제껏 내가 들어보지 못한 말들이 튀어나왔다.

"굉장하네! 내가 본 나무 중에서 네가 그린 이 나무가 최고다!"

"넷?"

나는 놀라 고개를 들었다. 새로 온 미술 선생님이 목에 두른 수건으로 땀을 닦으며 내가 그린 나무 그림을 내려다보고 계셨다.

"나무라고 다 나무냐, 이런 나무가 진짜 나무지."

미술 선생님은 내가 미처 대답을 하기도 전에 내 스케치북을 집어 들었다. 그러고는 운동장 한가운데로 성큼성큼 걸어가셨다.

"얘들아! 이 나무 멋지지?"

운동장 여기저기에 흩어져 있던 아이들이 미술 선생님에게로 모여들었다. 아이들은 미술 선생님이 들고 있는 스케치북을 들여다보았다.

나는 얼굴이 붉어졌다.

아이들 눈엔 저렇게 뒤틀리고 몸통이 두 쪽으로 갈라진 나무 따위는 전혀 아름다워 보이지 않을 텐데 뭐…….

역시나 아이들이 모여 있는 쪽에서 "어휴, 나무가 뭐 이래요?", "이게 뭐 잘 그렸어요?" 하는 말들이 들려왔다. 그러나 그런 야유들을 뚫고 한 사람의 말이 곧장 내 가슴을 향해 날아왔다.

"다른 사람 눈에는 안 보이지만 내 눈에는 보이는 거, 그걸 그리는 게 진짜 그림이야!"

미술 선생님의 그 한마디 말에 나는 오래도록 가슴에 품고 있던 수수께끼가 풀리는 듯했다.

나는 벌떡 일어나 운동장 한가운데로 달려갔다. 미술 선생님이 그랬던 것처럼 나도 두 발로 땅을 딛고 서서 하늘을 올려다봤다. 어느 때보다도 눈부신 태양이 나를 비추고 있었다.

악성종양 같은

김
종
광

나는 정말이지 숱한 강의를 받았고, 지금도(대학원에 다니기에) 받고 있다. 그리고 학원 강사로 밥벌이할 때 숱한 강의를 했으며, 지금도 시간 강사라는 직함으로 강의를 하고 있다. 수업에 이골이 난 상태다.

생각지도 못했던 것을 알게 돼서 기뻤던, 갑자기 세상을 바라보는 눈을 뜨게 된, 또 평생 간직하게 된 삶의 자세를 배운, 그런 수업이 하 많았으리라. 간혹 내게 큰 꿈을 심어주거나 감동적이라 할 만했던 수업도 있었으리라.

타산지석이란 말도 있고, 세 명이 길을 가면 그중 누구에게라도 배울 것이 있다는 공자님 말씀도 계시다. 하물며 스승은 가르치는 것을 업으로 삼으신 분들이다. 얼마나 좋은 가르침을 수두룩이 베푸셨을 것인가? 내가 아무리 미욱한 귀와 둔한 머리를 가졌어도 무수한 가르침들 중에 얼마간은 가슴에 깊이 담고 있으리라.

그 누구라도 스승이 되면 인생에 피가 되고 살이 되는 말을 전할 수 있다. 그러니 나 또한 스승의 자리에 섰을 땐 더러 학생에게 큰 꿈을 심어주거나 감동을 안겨준 수업도 있었으리라.

하지만 그런 훌륭한 수업들은 기억나지 않는다. 워낙 좋은 수업만 겪어서, 그중에 딱 꼬집어 어느 수업 시간으로 정리되어 있지 않는 것일까?

내가 잊을 수 없는 수업은 좋은 수업이었다고 말하기 힘든 수업들이다. 더럽고 몽둥이가 난무하고 먼지가 뭉게뭉게 피어오르는. 그러나 착하고 좋은 가르침보다 훨씬 강렬하게 사람살이의 비밀을 깨우치게 만든 그런 수업 시간이었다고 자신한다.

때로는 개천에서 핀 꽃이 더 매혹적이듯이.

초등학교 2학년 때, 나는 뱃속이 곧 쏟아질 지경이었으나 꿈쩍할 수가 없었다. 수업 중이었기 때문이다. 선생은 평소 을렀다. 수업 중에는 이빨 한 개도 보여서는 안 된다고. 팔다리는 물론이고 손가락도 움직여서는 안 된다고. 나는 선생의 말에 철저히 순종하는 기계와도 같은 어린이였다.

참고, 또 참았다. 40분이 아니라 400시간은 지난 것 같은데, 끝 종은 죽어라고 울리지 않았다. 태어나서 처음으로 사경을 헤매는 느낌을 맛보았다. 나는 죽고 싶지 않았다. 살기로 했다.

뱃속이 한없이 가벼워졌다. 비로소 살 것 같았다. 그러나 삶의 기

뺨을 만끽하기가 무섭게, 차라리 죽어버리고 싶었다. 마흔 살이 되기까지 차라리 죽어버리고 싶다는 생각을 건성으로든 진지하게든 최소 백번은 했을 텐데, 아홉 살 때가 최초였던 것이다.

가장 먼저 짝꿍과 뒤에 앉은 벗이 코를 싸쥐고 일어섰다. 냄새는 빛의 속도로 퍼져나갔다. 삽시간에 모든 벗들이 길길이 날뛰며 달아났다. 오로지 나만 그 자리에서 꼼짝할 수가 없었다.

앙증맞은 주먹으로 코를 막고 있던 담임이 소리를 빽 질렀다.

"여기가 똥간이야! 당장 나가지 못해!"

나는 깜짝 놀라 일어섰고, 울음이 와락 터졌다.

"뭘 잘했다고 울어! 어서 나가!"

담임이 더 크게 소리를 질렀다.

나의 울음소리도 더욱 커졌다.

초등학교 5학년 때, 어김없이 '검투사' 시간이 도래했다.

담임은 노란색 분필로 약간의 간격을 두고, 세로줄 여섯 개를 그어 내렸다. 칠판을 7등분한 것이다. 담임은 각 칸에 산수 문제 하나씩을 출제했다. 그러고는 일곱 명을 지적했다. 문제와 싸우라는 거였다. 로마 시대 때 원형 경기장에서 살아남기 위해 사자랑 친구랑 싸우던 노예들처럼.

7인의 검투사가 교단에 올라 칠판 밑에 섰다.

어떤 경우에도 나는 검투사에 끼지 않았다. 나는 '검사조'였기 때문이다. 담임은 산수 점수 1~7등을 검사조로 편성해놓고 있었다. 그러니까 산수 시간에 우리들은 검사조와 검투사 두 계급으로 나뉘었다. 나는 검사조 계급인 것이 행복할 때도 있었고 슬플 때도 있었다.

"그만!"

담임이 외쳤다.

칠판에 달라붙었던 아이들은 멀찍이 떨어졌다.

"검사조, 앞으로!"

나를 포함해 일곱 명의 아이가 칠판을 향해 나아갔다.

급우가 문제를 아예 풀지 못했다면, 편했다. 검사할 필요도 없으니까. 이번 일곱 명의 급우들 중 세 명이 문제에 손도 못 댔다. 담임은 그 세 명의 급우를 엎드려 뻗히게 해놓고 열 대씩 팼다. 급우들의 엉덩이가 무수한 먼지를 피어 올렸다. 그 세 명의 급우가 손도 못 댄 문제를 검사하게 된 세 명의 급우는 발걸음도 가볍게 제자리로 돌아갔다.

나는 행운을 잡지 못했다. 검사를 해야만 했다. 나는 문석이가 푼 문제를 쳐다보았다. 두 자리 곱하기 두 자리였다. 아주 쉬운 문제로 보였는데, 어째 어질어질했다.

어김없이 '검투사' 시간이 도래했다.
담임은 노란색 분필로 약간의 간격을 두고, 세로줄
여섯 개를 그어 내렸다. 칠판을 7등분한 것이다.
담임은 각 칸에 산수 문제 하나씩을 출제했다.
그러고는 일곱 명을 지적했다. 문제와 싸우라는
거였다. 로마 시대 때 원형 경기장에서 살아남기 위해
사자랑 친구랑 싸우던 노예들처럼.

문석과 눈이 마주쳤다. 저 간절한 눈빛. 친구야, 제발 정답을 적어 놓았기를.

내가 뽑아낸 답은 448이었다. 그런데 문석이 칠판에 적어놓은 답은 500이었다. 나는 500에 가위표를 쳤다. 또 문석과 눈이 마주쳤다. 문석은 고개를 절레절레 흔들며 이해할 수 없다는 표정을 지었다. 축구 시간에는 문석이가 나보다 행복한 계급이었다. 녀석은 선수조, 나는 응원조.

나는 속으로 중얼거렸다. 친구야, 예습을 좀 하지 그랬니.

담임은 내가 쳐놓은 가위표를 보자마자 문석의 몸뚱이를 끌어다놓고 두드려 팼다. 문석의 엉덩이에서 떨어져 나온 먼지들이 햇빛과 만나 반짝거렸다.

순간, 내 어질어질하던 머릿속이 맑게 개었다. 문석이가 푼 문제를 다시 보니, 단박에 500이라는 답이 나왔다. 다시 한 번 암산을 해봐도 500이 맞았다. 나는 순간 갈등했을 것이다. 모른 체할 것인가, 진실을 고할 것인가?

나는 소리 질렀다.

"선생님, 제가 잘못했슈. 지가 잘못 봤구먼유. 448이 아니라 500이네유. 문석이는 맞췄슈."

담임이 멍청해져서는 탱자만 한 눈알을 데굴데굴 굴렸다. 내가 무슨 소리를 하는 것인지 이해가 잘 안 되는 모양이었다. 비로소 가리사니를 잡았는지 빽 소리를 질렀다.

"이 나쁜 놈, 친구를 도와주지는 못할망정, 누명을 씌워?"

담임은 많고 많은 말 중에 '누명'이라는 말을 사용했다. 나는 그 말을 정확히 알고 있었다. 우리나라 역사에 억울한 누명을 쓰고 목숨을 잃은 위인이 그 얼마나 많던가.

담임은 나를 사정없이 패대기 시작했다. 엎드려 뻗혀라고도 하지 않았고, 손을 내밀라고도 하지 않았다. 머리, 어깨, 팔, 다리 등을 사정없이 조지는 것이었다. 누명 씌운 나쁜 놈을 때려잡는 정의의 사도 같았다.

정신없이 맞으니까 아프지도 않았다. 오로지 문석이한테 미안한 마음뿐이었다.

쉬는 시간에 문석이에게 미안하다는 말을 다섯 번이나 했다. 고개를 떨구고 있던 문석이가 마지못해 읊조렸다.

"너두 나 때문에 된통 맞았잖여. 피장파장이지 뭐. 그런디 앞으로는 신경 좀 써. 검사조 애들 너무 건성으로 풀더라구. 우리 검투사 애들, 산수 참 열심히 공부한다. 칠판 앞으로 끌려 나가서 죽기 살기로 푼다. 맞기 싫으니께. 그런디 느덜 검사조 애들은 너무 건성이란 말이여."

나는 차라리 검투사 계급으로 떨어지고 싶었다.

중학교 3학년 때였는지 고등학교 1학년 때였는지 불분명하지만, 기술 시간이었다. 평소 인생에 피가 되고 살이 되는 말씀을 유달리 자주 해주던 선생은 시나브로 성질이 나는 모양이었다. 그가 교실에 들어올 때 멋지게 공중을 비행한 분필 도막이 태극기를 정통으로 때려 맞혔다. 분필 도막은 교단에 흰 자국을 내고 나뒹굴었다. 선생은 분필 도막을 주워 들고 "이거 던진 놈 나와!"라고 말했다. 여러 번.

우리들은 묵묵부답이었다.

웃음기가 싹 사라진 선생이 외쳤다.

"다 책상 위로 올라가!"

우리들은 책상 위로 올라가서 무릎을 꿇었다.

선생은 훈계했다. 다른 사람에게 피해를 주는 사람이 세상에서 가장 나쁜 놈이라는 내용이었다. 그까짓 매가 겁나 자신의 죄를 당당히 고백하지 못하는 놈은 불알을 떼어버려야 할 놈이라는, 어찌 들으면 여자들은 자신의 죄를 당당히 고백하지 않는다는 괴이한 논리를 펼치기도 했다. 거짓말하는 놈이고, 양심을 속이는 놈이라고도 했다.

우리들 중 누가 분필도막을 던졌는지 모르겠지만, 녀석은 삽시간에 너무나 나쁜 놈이 돼버렸다. 내가 범인이었다 하더라도 쉽사리 죄를 고백하지 못했을 것이다.

선생은 탐정 혹은 형사가 되었다. 아니, 사극에 나오는 고문자가 되었다. 말 고문으로는 답이 안 나온다고 여겼는지 폭력 고문 단계로 들어섰다. 우리들의 무릎을 다섯 대씩 팼다. 두 눈을 감고 팔을 높이 들어 올리게 했다. 조금 지나서는 의자를 들고 있도록 했다. 죄를 고백하는 자가 나올 때까지 단체 형벌은 계속될 것이라고 겁박했지만, 범인은 끈질기게 견뎠다.

내가 범인이었다 하더라고 끝까지 버텼을 것이다. 이젠 선생보다 학우들이 더 두려운 단계에 접어들었다. 능욕당한 학우들이 범인을 그냥 놔둘 것인가? 그들은 자기들을 갈군 주체(선생)가 아니라 원인(어떤 학우)을 원망하고 있었다.

우리들은 괴로움을 견디면서 누군가에게 욕했을 것이다. 범인에게, 선생에게, 자신에게, 학교에게, 그 모두에게.

수업이 끝나기 5분 전, 누군가가 "제가 그랬습니다!"라고 했다. 우리 모두는 그 녀석이 범인이 아니라는 걸 확신했다. 선생도 확신할 수 있었을 것이다.

선생이 종잡을 수 없는 낯꼴로 뇌까렸다.

"그래도 제대로 된 놈이 하나는 있구나!"

나는 이 거대한 수업 시간을 스물네 살 때 「분필교향곡」이라는 제

목으로 소설화했다.

대학교 1학년 국어 시간이었다. 늙은 교수는 김춘수의 「꽃」을 강의하고 있었다. 고등학교 때 질리게 시험에 나왔던 「꽃」을 대학에 와서도 배우려니 자꾸만 졸렸다. 200여 명이 듣는 교양 과목이었다. 새내기들은 줄기차게 떠들어댔다. 늙은 교수가 분필 도막으로 칠판을 꽝꽝 두드리며 "조용!"을 발악하듯 외쳐대도 소용없었다. 우리들은 떠들기 위해 대학에 왔고 나불대기 위해 수업에 들어온 이들 같았다.

늙은 교수가 돼지 멱따는 소리를 질러 학생들을 조용히 시킨 뒤에 훈계를 했다. 대학생씩이나 돼서 참새들처럼 쩩쩩대는 게 창피하지도 않느냐는 내용이었다. 그러면서 말끝에 덧붙이기를 "그래도 떠들고 싶은 학생이 있으면 지금 당장 나가라!"는 거였다.

나는 일어섰고, 가방을 챙겼고, 뒷문으로 나갔다.

등이 가려웠다. 강의실 쪽을 흘깃 돌아다보았다. 나는 입을 쩍 벌리고 말았다. 거의 모든 학생이 밖으로 나오고 있었다. 저 멀리 늙은 교수의 얼빠진 모습이 어룽댔다. 내 옆으로 물처럼 흘러가는 학생들 입에서는 교수를 욕하는 말이 송사리처럼 튀었다.

교수님에게 달려가 "죄송합니다!"라고 말하고픈 충동이 일었다. 하지만 나는 건물 밖으로 달려 나갔고, 다시는 국어 강의에 들어가지 않았다. 당연히 F를 맞았다.

교수가 그 시간에 제일 먼저 나간 게 나 따위라는 것을 알 리도 없었고, 수업에 다 빠진 놈도 기말고사만 치르면 D학점이라도 주겠다고 공언했다는 말을 전해 들었지만, 교수가 시험 감독할 리도 없지만, 나는 차마 시험을 치르러 가지 못했다. 그것이 스승에 대한 최소한의 예의라고 생각했다.

교수는 아직도 날 기억하고 있을지 모른다. 그 미꾸라지 한 마리를.

나는 이 아픈 수업의 기억을 서른여덟 살 때 「당장, 나가버려」라는 제목으로 소설화했다.

학원 강사로 중학생에게 국어를 가르칠 때였다. 중학생의 '중'자만 들어도 환장할 만큼 끔찍했는데 그중에서도 중1이 가장 힘들었다.

중2, 중3은 그래도 "조용!"이라고 외치면 아주 잠깐이라도 조용히 하는 시늉을 해주었다. 하지만 중1은 개가 짖거나 말거나 식으로 반응했다.

교과서와 참고서에 나오지 않는, 인생에 피가 되고 살이 되는 착하고 훌륭한 말도 많이 해주고 싶었으나, "조용!"이라는 말을 하느라고 수업 진도 나가기도 벅찰 때가 대부분이었다.

그날 나는 한 녀석에게 칠판지우개를 던졌다. "개새끼들!"이라는 욕은 몇 번 했지만 한 번도 구타를 해본 적이 없던 나는, 참다 참다 못해 던졌는데, 지우개는 정확하게 녀석의 얼굴을 강타했다. 지우개가 책상 밑으로 떨어지자, 녀석의 얼굴에는 뒤섞여 무지개를 이룬 분필 가루가 코에서 이마까지 잔뜩 묻어 있었다.

나는 통쾌했다. 겁나기도 했다. 녀석이 힘으로 덤빌까봐.

녀석의 눈빛과 짧지만 긴 얽힘을 나누고서는 한없이 미안했다. 나는 녀석이 자존심에 크나큰 상처를 입었다는 걸 알았다.

나는 녀석에게 사과하고 싶었다. 녀석 부모의 항의에 당한 원장도 사과하라고 했다. 하지만 나는 끝까지 사과하지 않았다. 내가 사과하지 않으면, 녀석은 학원을 그만둘 것이라고 통고했다. 나는 사과하지 않고 사표를 냈다. 학원을 홀가분하게 떠났다.

오래도록 녀석의 분필 가루 뒤집어쓴 얼굴이 기억났다. 칼에 베인 듯한 녀석의 눈빛도.

내가 겪었던 무수한 수업 중 고작 다섯 개를 이야기했다. 하지만 정말이지 나로서는 '잊을 수 없는 수업'이다. 내가 가장 넓고 깊게 느끼고 깨닫고 배운 수업이었다.

나는 교실에서 냄새 덩어리를 배설하는 순간 비로소 탄생했던 나의 자아를 영원히 잊지 못할 것이다.

잘못된 검사로 친구를 맞게 하고 양심 고백으로 나도 맞았던 그 시간은 어째서 이토록 끈질기게 떠오르는 것일까?

계급 차별과 권력의 무서움과 광기의 발현 같은 것을 종합적으로 체감한 최초의 순간이기 때문일까? 분필 도막 한 개 때문에 그 난리를 쳤던 시간과 「꽃」을 배우다 말고 도망친 그 시간은 또 어째서 망각되지 않는 걸까. 나는 부조리와 모순을 인식했는지도 모른다.

내가 청소년의 자존심을 지우개로 베었던 그 시간은 가장 설명하기가 쉽다. 나는 녀석의 눈빛을 통해서 자존심의 본질을 보았다. 내가 상실해가고 있는 바로 그것.

하여간 안타까운 일이다. 나라는 놈은 어찌하여 좋았던 시간은 기억하지 못하고 끔찍했던 시간만 기억하는가.

그런데 썩 다행한 일인 듯도 하다. 일일이 기억하지 못할 정도로 좋은 수업을 무한히 겪었다는 것이니까. 피가 되고 살이 된 좋은 수업들 덕분에, 악성종양 같은 몇몇 수업을 화두처럼 붙잡고 있는 것이다. 그 반대였다면 참 참혹했겠다.

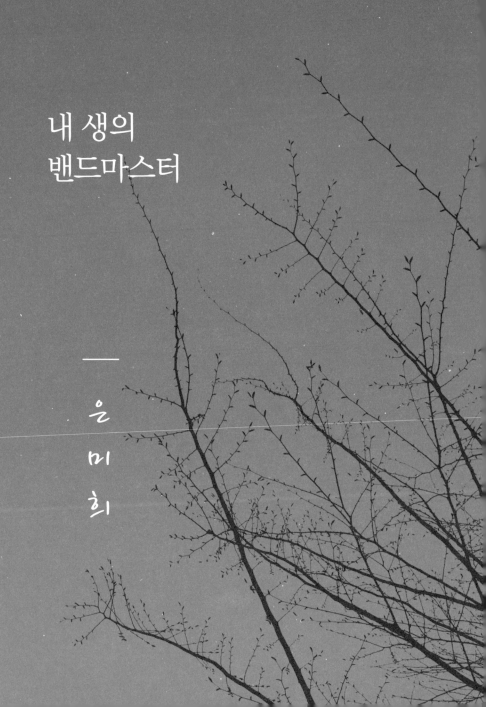

내 생의
밴드마스터

은
미
희

돌아보니, 참으로 많은 수업들이 있었다. 살아온 나날들이 어찌 수업의 연속이라 하지 않을 수 있을까. 수업…… 나에게 이 수업이란 말은 어떤 특정한 교과 과목의 지식이나 기술의 전수보다는 인생살이에서 비싼 대가를 치르며 습득하는 경험과 지혜 쪽에 더 무게가 실린다.

　그 지난하고, 신산하고, 가슴 떨리던 삶의 과정들과 순간 가운데 얼마나 많은 일들이 있었던가. 찬찬히 톺아보니 참으로 다양하고 구구절절하다. 연애의 쓰라린 이별은 기본이고, 아무것도 모른 채 누군가의 달콤한 설득에 덥석 있는 패를 모두 걸었다 빈손으로 마감 지어야 했던 주식 투자며, 모든 것이 뼈아픈 교훈이 아닐 수 없다.

　누군가 미리 내가 가야 할 길을 걸어갔다가 그 미립으로 경고해 주는 충고는 어딘지 미심쩍을 때가 많다. 저이는 나와 환경과 입장이 다르니, 저이가 우려하는 것은 나에게 해당되지 않을 터. 게다가 내가 하면 다르다는 식의 차별감에 자꾸만 어리석어지니 어쩌랴. 그러니 기어이 가지 말아야 할 길을 갔다가 피멍이 들어 주저앉아버릴 수밖에.

하지만 여전히 나는 실패한 연애에 대해서는 내성을 키우지 못한 채 새로운 사랑 앞에서 허둥대고 있다. 그러나 그 외의 다른 것들에 대해서는 나름대로 마음을 비울 줄도 알게 되었다. 과욕은 금물, 그저 깜냥대로 살기 같은 것들. 그러니 어찌 지나간 생에 허방처럼 들어앉은 그 우울한 사건들을 실패라고 할 수 있을까.

어쨌거나, 그래도 수업 하면 맨 먼저 떠올리는 것은 학교 수업이다. 내 지나온 삶의 여성에 참으로 많은 수업들이 있었다. 좋을 때도 있었고, 아름다운 추억으로 상기되는 순간도 있었으며, 또 지긋지긋하게 여겨지던 시간도 있었다. 그 시간 시간들 속에 들어 있는 얼굴들 또한 다양하다. 연속 필름처럼 돌아가는 그 얼굴들 가운데는 마치 어제 일인 양 선명하게 떠오르는 얼굴도 있고, 어슴푸레 기억나는 얼굴도 있으며, 아예 그마저 기억나지 않는 얼굴도 있다. 하지만 좋으면 좋은 대로, 나쁘면 나쁜 대로 그것들은 오롯이 내 삶의 무늬로 들어 있으니 이 또한 어쩔 수 없이 사랑스레 안고 가는 수밖에는 없다.

정말, 수십 년이 지난 지금도 나를, 부끄럽게 만드는, 수업이 있다. 아니, 수업보다는 순간이라 해야 더 맞을 듯싶다. 하지만 그게 어찌 한 번이겠는가.

분명, 내 기억 속의 수업들은 슬프고 무참했던 적보다 설레고 아름다웠던 때가 더 많았으나, 지금에 와 회상해보면 기뻤던 순간보다 나를 슬프게 하고, 당혹스럽게 만든 수업이 더 선명한 무늿결로 남아 있다. 나를 사람으로 이끌고 더 단단히 여물게 만든 그 음울하고도 충격적인 순간. 그 모습.

나는 아직 그때를 잊지 못한다.

초등학교 6학년 때였다. 나는 초등학생이었지만 키가 큰 데다 선이 굵은 이목구비 때문에 조숙했었다. 그 시기에는 누구나 다 그렇겠지만, 유난히 나는 욕심이 많았다. 어쩌면 나를 드러내고 싶어 하는 자기 과시와도 맥이 닿아 있을 터였다.

그 시절, 나는 여물지 못한 설된 실력으로 나를 따라올 아이가 없다고 믿었고, 그러므로 당연히 나밖에 없다고, 생각했다. 믿어, 의심치, 않았다. 지금 생각하면 참으로 부끄럽고, 민망하며, 얼굴 뜨듯해지는 일이지만 열세 살, 치기 어린 마음에 그 방자함은 하늘을 찌르고도 남았다.

그 마음에 젖어 나는 여섯 개의 특별과외반 활동을 하고 있었다. 합창부, 방송부, 밴드부, 탁구부, 문예부, 미술부가 그것이다. 합창부에 들어가 연습하고 있으면 탁구부 부원이 나를 찾으러 왔고, 문예부에 있으면 미술부에서 나를 데리러 왔다. 그러니 어찌 오만방자해지지 않을 수 있었겠는가.

게다가 아버지가 학교 선생님이었던 탓에 어찌어찌 이름을 맞추거나 한두 사람 건너다보면 금세 아버지를 알고는 했다. 그런 연유로 선생님들은 더 나를 챙겼을 텐데 어리석게도 그때는 그것이 내 실력인 줄 알았다.

4월, 눈부신 햇살이 교실 창문으로 밀려들어왔다. 졸음으로 찾아온 춘곤증은 열세 살 한창 물 오른 풋풋한 나이의 나를 무력하게 만들었다. 그 자연의 리듬에 이길 사람은 없었다. 나 역시 밀려드는 잠에 어찌할 줄 모르고 졸다 깨다를 반복하고 있었다.

헌데 그때였다. 똑똑똑, 누군가 교실 앞문을 두드리는 소리가 났다. 앞문은 주로 선생님들이 이용하는 문이었다.

수업 시간 중에는 학교 전체가 적막감이 돌도록 조용했고, 웬만해서는 수업을 방해하는 일이 드물기 때문에 아이들의 시선이 일제히 노크 소리가 들려오는 앞문으로 모아졌다. 나 역시 지루한 졸음에서 빠져나와 의혹의 눈빛으로 앞문을 더듬었다.

담임 선생님이 무슨 일이냐는 표정으로 앞문을 열었다. 거기, 밴드부 선생님이 서 계셨다. 나는 직감으로 그 선생님이 나를 찾아왔다는 사실을 알 수 있었다. 곧, 도민체육대회가 열리고, 내가 다니는 초등학교는 해마다 그 도민체육대회의 밴드부 경연 종목에 출전해왔던 것이다.

"은미희, 잠깐 나와봐."

나를 부른 것은 담임 선생님이 아닌, 밴드부 선생님이셨다. 그 선생님은 키가 크고, 얼굴은 구릿빛이었으며, 이목구비가 우락부락하고, 음성은 괄괄했다. 남자였다.

나는 아이들의 시선을 한 몸에 받으며 복도로 나갔다. 조금은 의기양양했을 것이다. 쉬는 시간마다 아이들로 복작이던 그 복도에는 적막감이 감돌고 있었다. 아이들이 사라져버린 복도가, 그 텅 빈 복도가, 이상하게 가슴을 울렁이게 만들었다. 요의마저 느껴졌다. 그 텅 빈 기다란 복도에 선생님은 우뚝 서 계셨다.

"너, 왜 연습에 안 나오는 거야?"

선생님은 나를 보자마자 대뜸 물으셨다.

"밴드부 빠질 거예요."

인사할 겨를도 주지 않고 나무라듯 묻는 선생님에게 나는 단호하게 대답했다.

"왜?"

"하기 싫어요."

"왜 하기 싫다는 거지?"

나는 지금 혼자 밴드마스터가 되어 있다. 쿵쿵.
머릿속에서 작은북과 큰북의 울림이 울려오고
멜로디언과 실로폰의 소리도 들어 있다. 나는 한 손을
허리에 얹고 한 손으로는 술이 달린 지휘봉을 돌린다.
나는 이제 그 모든 것을 혼자 다 해낸다.
그렇지 않으면 이 세상을 엽렵하게 살아갈 수 없다.
나는 내 생의 밴드마스터인 것이다. 지쳐도 쉬지 못하고
지휘봉을 휘두르며 앞으로 나아가야 하는 것이다.

"그냥요."

나는 또박또박 대답하면서 엇나가고 있었다.

"네가 없으면 안 돼. 너만큼 심벌즈를 잘 치는 아이도 없어."

"싫어요."

"그럼 네가 큰북을 매던가."

선생님은 내 표정을 살피며 말했다. 나는 심벌즈도 싫었고 큰북도 싫었다.

"싫어요. 안 할 거예요."

"그럼 무얼 하고 싶은데?"

선생님의 표정이 굳어졌다.

"그냥 공부할 거예요."

그때였다. 무언가 둔탁한 것이 내 얼굴을 가격했다. 너무 순간적인 일이라 나는 무슨 일이 일어났는지 분간할 수 없었다. 그 1~2초의 시간이 내 살아온 시간을 덮고도 남을 만큼 길게 느껴졌다. 내 얼굴을 가격한 것은 선생님의 손바닥이었다.

선생님이 내 뺨을 때린 것이다.

나는 얼얼한 뺨을 손바닥으로 감싸며 놀라 선생님을 쳐다보았다. 선생님의 표정이 붉게 달아올라 있었다. 선생님은 뭐라 나에게 말씀하셨는데 내 귀에는 웅웅거리는 소리로만 들렸다. 달싹이는 입으로 봐서, 무언가 격하게 나무라고 계신 듯싶었는데, 나는 들을 수 없었다. 심한 이명에 하나도, 말 한마디도 들려오지 않았다.

쑥, 눈물 한 방울이 흘러내렸다. 그 한 방울에 봇물 터지듯 눈물이 흘러내렸다. 정말, 굵고도 뜨거운 눈물이었다. 흘러내린 눈물은 금세 내 손바닥을 적시고 온 얼굴을 뒤발했다. 진득한 콧물도 대롱거리고 입에서는 침도 흘렀다.

서러웠다. 슬펐다. 하늘이 무너지듯 무참하고 민망했다.

태어나서 처음으로 맞아본 뺨이었으니 어찌 서럽지 않을 수 있을까. 헌데 그때는 분했다. 억울했고, 서운했다. 내 마음도 몰라주는 선생님이 야속하고 미웠다.

나는 그때, 분명, 밴드부 선생님이 야속하고, 서운하고, 미웠다.

몸매가 드러나는 멋진 옷을 입고 일사불란하게 움직이는 그 밴드부가 어찌 멋있지 않을 수 있을까? 나는 기실 하고 싶었다. 4학년 때부터 계속해온 밴드부를 왜 그때라고 하고 싶지 않을까.

나는 나의 숨은 마음을 선생님께 털어놓지 못했다. 그 어린 깜냥에도 자존심이란 게 있어서 내 저의를 말하기가 싫었다. 그런데 선생님은 숨겨진 내 본심을 알아채고 화를 냈던 것이다.

나는 그랬다. 내가 하고 싶은 것은 심벌즈나 큰북이 아니라 밴드마스터였다. 어깨에는 술이 달린 견장이 붙어 있고, 밑으로 갈수록 폭이 좁아지는 삼각형 구도의 더블 단추가 있는 상의에 넓은 주름이 잡힌 미니스커트를 입고 종아리에 붙는 부츠를 신은 채 지휘봉을 돌리며 지나가는 밴드마스터는 내 오랜 꿈이었다.

그 지휘봉이 잡고 싶어 나는 4학년 때 처음으로 밴드부에 가입했던 것이다. 그 밴드마스터를 위해 나는 2년 동안 작은북과 심벌즈를 만졌다. 그동안 밴드마스터는 당연히 6학년 언니들이었다. 이변이 없는 한 나는 내가 그 지휘봉을 넘겨받을 것이라고 생각했다. 그래서 나는 열심히 연습을 했다. 참으로 열심히 했다. 황사 뿌옇게 이는 운동장에서 대형을 만들었다 푸는 연습을 할 때도 빠진 적이 없었고, 감기로 몸살을 앓을 때도 동통을 이겨내며 라팜팜팜, 작은북을 두드리고, 창창, 심벌즈를 울렸다.

그만큼 열심히 했으므로 선생님들에게 인정도 받았고 또 신임도 얻었다. 헌데 정작 6학년에 올라와 밴드부에 갔더니 엉뚱한 아이가 밴드마스터로 와 있었다. 키는 나만 했지만 얼굴은 더 예뻤다. 하지만 그 친구는 한 번도 밴드부에서 활동하지 않은 아이였고, 나하고는 절친한 사이였다. 그 아이의 이름은 인숙이었다. 김인숙.

악기들 별로 모여 박자 연습을 하고 있는 그 어수선한 음악실 한쪽에서 그 아이가 지휘봉을 들고서는 손목을 이용해 돌리는 연습을 하고 있었다. 그것은 이제까지 2년 동안 내가 해온 연습이었다. 지휘봉을 돌리고 멋지게 허공으로 던졌다가 제대로 받아내거나 발동작에 맞춰 지휘봉 돌리는 연습을 해온 것이었다.

지휘봉을 들고 연습하는 인숙의 모습을 본 순간 나는 등을 돌려 그냥 나와버렸다. 무언가 가슴속에서 쏴 하니, 찬 기운이 스치고 지나갔다. 그 후로 나는 연습에 참가하지 않았다.

내 뺨을 때렸던 선생님은 나의 욕심과 당돌함이 마뜩찮았을 것이다. 어린것이 그냥 순순히 따르지 않고 그렇듯 발칙하게 엇나가는 것이 못내 못마땅했을 것이다.

하지만 나는 밴드마스터가 되지 못한 것이 서운하기도 했지만 한편으로는 미리 나를 불러 차근차근 입장을 설명하고 이해시켰더라면 서운함은 그만큼 줄어들었을 것이라고 생각했다. 헌데 아무런 이야기도 없었고 신호도 없었다. 그래서 더 서운하고 민망했을 것이다.

어찌 됐건 나는 나를 나무라는 선생님 앞에서 서럽게 울었다. 한 번 터진 울음은 좀체 그칠 수 없었다. 서러움이 서러움을 길어 올리고 울음이 울음을 끌어냈다. 너무 슬퍼 소리도 나지 않았다. 그렇게 속으로 잦아드는 울음을 울고 있는데 창문을 통해 쭈뼛쭈뼛 넘어다보는 아이들의 얼굴이 보였다.

그게 무참했다. 다른 아이들도 다들 내가 밴드마스터가 되리라 확신하고 있었는데, 되기는커녕, 불려나가 뺨을 맞았으니 일순 내 신화는 보기 좋게 무너지고 말았던 것이다.

"다시 한 번 잘 생각해봐. 너 없이는 밴드부가 안 돼."

선생님은 화를 누르시고 우는 나에게 명령조로 말씀하셨다. 나는 대답하지 않았지만 내심으로는 완강했다. 절대, 절대, 밴드부에는 가지 않으리라, 우는 중에도 결기를 세웠다.

밴드부 선생님에게서 놓여난 나는 교실로 들어갈 수 없었다.

그 눈물 번들거리는 얼굴로, 아직 벌겋게 손자국이 남아 있는 얼굴로 어찌 아이들 앞을 지나갈 수 있단 말인가. 나는 교실 복도에 쭈그리고 앉아 울었다. 수업 끝나는 종이 울리자 나는 달음질치듯 수돗가로 나가 세수를 했다.

그래도 울음은 멈추지 않았다. 아니, 울음이 다하면 다시 뺨 맞은 순간을 떠올리며 끝나려는 울음의 끝을 이어갔다. 질기게도 울었다.

울음이 나오지 않으면 투레질로 남은 울음을 울었다.

다른 아이를 밴드마스터에 앉힌 것도 서운한데 뺨까지 때리다니. 나는 이해할 수 없었다. 수업이 시작되고도 들어오지 않는 나를 찾아 담임 선생님은 반 아이를 보냈다.

"선생님이 너 찾아오래."

나는 말을 하지 못했다.

창피해서 그 아이도 바로 바라보지 못했다.

"가자."

아이가 내 손을 잡아끌었지만 나는 뿌리쳤다.

"선생님이 너 데려오랬어."

그래도 나는 끝내 고집을 부렸다. 아이는 혼자 갔다. 내 주변에는 어수선하게 노니는 4월의 눈부신 햇살이 있을 뿐이었다. 그 햇살이 우느라 퉁퉁 부어오른 내 눈을 사박스럽게 찔렀다. 햇살이 눈부셔서 더 서러웠다.

"그만 가자. 선생님이 너를 미워해 그랬겠니?"

담임 선생님 목소리였다. 여자인 담임 선생님은 다정하고도 안쓰러운 음성으로 수돗가 옆, 나무 밑에 쭈그리고 앉아 울고 있는 나를 일으켜 세우며 달랬다. 그 엄마 같은 마음 씀씀이에 내 울음보는 또 다시 터졌다.

살면서 잘못한다고 아버지에게 회초리로 종아리를 맞거나 야단을 맞아본 적은 숱하게 많았지만, 부모가 아닌, 다른 어른에게 맞아본 적은 처음이었고, 더군다나 뺨은 부모에게서도 맞아보지 않았던 것이다. 그러기에 더 슬펐다.

나는 선생님 손에 이끌려 교실로 돌아왔다. 아이들의 시선이 일제히 나한테로 모아졌다. 동정과 연민이 한데 버무려진 아이들의 시선은 뺨을 맞을 때보다도 더 아팠다.

한때 나는 아이들에게 부러움의 대상이었다. 미술 대회나 작문 대회에 나가면 놓치지 않고 상을 받아오는 나는 아이들에게 별종으로 받아들여졌다. 헌데 그런 내가 추락한 것이다. 그것도 수업 시간에 불려나가. 이야기는 이야기를 물고, 이야기는 또 이야기를 물어내, 내가 뺨 맞은 이야기는 순식간에 다른 반 아이들한테도 전해졌다. 내가 빨간 눈을 하고 지나가자 저희들끼리 수군댔다.

도민체전은 인숙의 지휘 아래 무사히 끝났다. 나는 물론 그 시간에 교실에 앉아 수업을 받고 있었다. 그때 내가 다니던 학교의 밴드부 성적이 어땠는지 나는 모른다. 알고 싶지도 않았고, 또 알 기회가 있다 하더라도 나는 일부로 귀 닫고 눈 감고 그렇게 도망쳤을 것이다.

초등학교를 졸업하고 얼마간 나는 그 선생님을 이해할 수 없었다. 그게 뺨을 맞을 일이었던가. 좋은 말로 자분자분하게 설명해주어도 되었을 일을.

하지만 그 일 이후 나는 내 안의 교만함을 버렸다. 내가 아니어도 나보다 더 잘하고 그 일에 적합한 아이가 있다는 사실을 깨달았다. 세상에 나밖에 없다는 내 중심의 자만심을 버렸다.

뺨을 맞은 그 일이 나에게 가르쳐준 소중한 깨달음이었다.

나는 지금 혼자 밴드마스터가 되어 있다. 쿵쿵. 머릿속에서 작은북과 큰북의 울림이 울려오고 멜로디언과 실로폰의 소리도 들어 있다. 나는 한 손을 허리에 얹고 한 손으로는 술이 달린 지휘봉을 돌린다.

나는 이제 그 모든 것을 혼자 다 해낸다.

그렇지 않으면 이 세상을 엽렵하게 살아갈 수 없다. 나는 내 생의 밴드마스터인 것이다. 지쳐도 쉬지 못하고 지휘봉을 휘두르며 앞으로 나아가야 하는 것이다.

그리고 안다. 이 세상에는 나보다 더 훌륭하고 멋진 밴드마스터가 많다는 사실도.

밴드마스터.

누가 나 대신 이 지휘봉을 맡아주면 좋겠다. 나는 그 신호에 따라 그저 수긋하게 따라가기만 하면 좋겠다. 그러면 이 생이 얼마나 편할까.

눈물의
기도

—

강
진

그날, 마지막 수업은 '지리'였다.

바로 전 체육 시간에 운동장에서 배구를 하고 왔던 터라 교실 안은 땀 냄새로 진동했다. 옷을 갈아입고, 창문을 열고, 부채질을 하고……. 쉬는 시간의 교실 안은 어수선했다. 벌써 30여 년이 지난 일이지만 그날 교실 안 풍경은 한 장의 사진처럼 선명하게 내 기억에 박혀 있다.

5월이지만 한낮은 무더웠다.

꽃잎이 떨어진 벚나무에는 푸른 잎이 돋아나고 있었다. 벚꽃이 흐드러지게 피었다가 흩날리던 것이 엊그제 같았다. 바람에 날리던 그 꽃잎을 잡으려 앞 다투어 뛰어다녔었다. 번번이 허공에서 꽃잎을 놓쳤지만 우리들은 깔깔깔 웃어댔다. 염소 똥 굴러가는 것만 봐도 웃는다는 중학교 1학년 계집애들이었다.

지리 선생님은 우리 담임이었다. 그 당시 우리 학교에서 가장 먼저 구제되어야 하는 노처녀이기도 했다. 담임 선생님의 나이를 정확히 아는 사람은 아무도 없었다. 학기 첫날, 선생님의 나이를 물었지만 웃기만 할 뿐 담임 선생님은 끝내 나이를 가르쳐주지 않았다.

여자였지만 멀리서 언뜻 보면 남자처럼 보이기도 했다.

짧은 커트 머리와 사각 프레임의 검은 뿔테 안경. 그것이 담임 선생님의 트레이드 마크였다. 그녀는 옷차림도 거의 한 가지 스타일만 고수했다. 계절에 따라 얇고 두껍고 차이는 있었지만, 약간 통이 넓은 검정색 바지에 허리선이 들어가지 않은 재킷을 입었다. 화장도 거의 하지 않았고 게다가 목소리도 굵은 편이었다.

처음 선생님을 봤을 때 남자인 줄 알았다. 3월 입학식 첫날, 1반부터 10반까지 담임을 맡게 될 선생님들을 소개할 때 여자 선생님들 사이에 서 있던 선생님은 정말 남자처럼 보였다.

교실 안에 땀 냄새가 채 가시기도 전에 7교시 시작을 알리는 종이 울렸다. 주번은 칠판지우개를 털어왔고, 물을 먹던 아이들은 컵과 식수대를 정리했다. 평소에 깔끔한 담임 선생님은 지리 시간에도 교실 이곳저곳이 지저분한 것을 지적하곤 했다. 책상 줄 좀 맞추라고 누군가가 소리쳤다. 곧이어 책상을 움직이는 소리와 의자를 당기는 소리가 들렸다. 책상 위에 책과 공책을 꺼내는 것도 잊지 않았다. 교실에 들어왔을 때 수업 준비가 되어 있지 않은 학생에게 매를 드는 경우도 종종 있었기 때문에 우리들은 다른 시간보다 긴장해서 수업 준비를 해야만 했다. 우리는 선생님을 기다렸다.

수업 시작 종이 울리고 5분이 지났다. 평소 칼같이 수업 시간을 지키던 선생님이었다. 그래도 대수롭게 생각하지 않았다. 틈만 나면 즐겁게 놀 수 있는 나이였다. 교실 안은 다시 소란스러워졌다.

옆 반도 선생님이 들어오지 않았다는 것을 안 것은 수업 시작 종이 울린 지 10분쯤 지난 뒤였다. 종종 선생님들의 회의가 길어져서 수업 시간에 늦게 들어오는 일이 있었다. 아이들은 다시 흐트러졌다. 복도로 나가 옆 교실을 기웃거리기도 하고, 책상 위에 걸터앉기도 하고, 사물함을 뒤져보기도 하고, 교실 뒤 거울을 보며 머리를 매만지기도 했다. 나는 친한 친구들을 창가로 불러 운동장을 내려다보며 수다를 떨었다. 그때 우리들이 푹 빠져 있던 외국 가수에 대한 얘기를 했던 것 같다. 교실 안은 다시 시장 바닥처럼 시끄러워졌다. 옆 교실도 마찬가지였다.

얼마쯤 시간이 흘렀을까. "시카린이다." 하고 외치는 소리가 들렸다. '시카린'은 그 당시 유명한 무좀약이었다. '서아린'이라는 담임 선생님의 이름과 비슷한 이유 때문에 붙여진 별명이었다. 하지만 단순히 이름과 비슷하다고 붙여진 것은 아니었다. 약효가 강력한 무좀약처럼 우리에게 무척 엄하고 무서운 대상이라는 의미가 내포되어 있었다.

갑자기 나타났기 때문에 몇몇이 미처 자리에 앉기도 전에 '시카린'은 교실에 들어와 있었다. 나도 미처 자리에 앉지 못했다. 죽었구나, 싶었다. 책이 펴져 있지 않기만 해도 매로 손등을 때렸다. 대나무 뿌리로 된 무척 아픈 매였다. 자리에 앉지도 못했으니 어떤 날벼락이 떨어질지 모를 상황이었다.

그런데 어쩐 일인지 교탁 앞에 선 '시카린'은 아무 말도 없이 교실을 천천히 둘러볼 뿐이었다. 짧은 순간, 나는 까만 안경테 안에 감춰진 선생님의 눈동자를 봤다. 선생님의 표정 때문이었는지 방금 전까지 울고 있었던 것은 아닐까, 하는 생각이 들었다. 나는 슬금슬금 걸어가 내 자리에 앉았다. 반장이 일어나 구령을 붙였다. 차렷, 선생님께 인사.

"안녕하세요."

씩씩한 목소리였다. 수업 시작 전에 으레 하던 인사였다. 인사를 받으며 함께 묵례를 하던 선생님은 인사가 끝났는데도 아무런 말을 하지 않았다. 선생님은 창밖, 운동장 어느 지점만을 바라볼 뿐이었다. 간간이 여기저기서 책상을 움직이는 소리가, 의자 삐걱대는 소리가 들렸다. 책상 줄이 맞지 않아서인지 아니면 의자에 앉은 자세가 바르지 않아서인지……. 모두들 긴장하고 있었다. 영문도 모르고 선생님의 눈치만 보고 있었다.

시간이 얼마나 흘렀을까. 아주 긴 침묵이 지나갔다. 실제로는 10분쯤 되었을 것이다. 그러나 그때 그 시간은 아주 길게 느껴졌다.

"기도합시다."

내가 다녔던 그 중학교는 기독교 계통의 학교였다. 따라서 대부분의 선생님은 독실한 기독교 신자였다. 일주일에 한 번씩 학년별로 예배를 드렸고, 매일 반마다 간단한 예배를 드렸기 때문에 '기도'라는 것이 낯설지는 않았다. 그러나 일반적인 수업 시간에 기도를 하는 경우는 드물었다. 더구나 침통한 표정으로 말이 없던 담임 선생님이 꺼낸 첫 마디가 '기도합시다'라는 건 의아한 일이었다.

"기도합시다."

다시 한 번 똑같은 말을 되풀이한 선생님은 손을 교탁 위에 모으고 눈을 감았다. 그리고 기도를 시작했다. 하나님, 아버지. 죄인인 저희들을 위해 십자가의 고통까지 인내하시고, 저희 같은 죄인을 위해 목숨까지 기꺼이 주신 거룩하신 하나님, 아버지. 기도는 이렇게 시작되었던 것 같다. 담임 선생님의 기도는 늘 그런 식으로 시작되었으니까.

우리들은 영문을 모른 채 서로의 눈치를 보며 손을 모으고, 눈을 감았다.

주여, 우리나라를 굽어 살펴주소서. 마침내 이 대목에서 갑자기 선생님의 목소리가 울먹이기 시작했다. 눈을 뜬 친구들끼리 눈길을 나누었다. 심상찮은 일이 벌어진 모양이었다. 그러나 그것이 무슨 일인지는 알 수 없었다. 기도 내용 중에도 구체적인 것은 없었다.

평소엔 중성적 목소리라고 여겨졌던 선생님의 목소리는 울먹거림 때문인지 가늘고 높은 여성적인 목소리가 되어 있었다.

선생님은 울음에 더 이상 말을 잇기 어려운지 한참을 침묵으로 있다가 서둘러 기도를 끝냈다. 예수님의 이름으로 기도 드렸습니다. 아멘.

여기저기서 아멘, 소리가 들렸다. 눈을 떴지만 분위기는 숙연했다.

"오늘 나머지 시간은 자습을 하겠습니다. 지금 종례를 하고 수업 끝나는 종이 울리면 집으로 돌아가겠습니다. 청소는 주번만 남아서 간단히 하면 되고……. 학교에 남아 있지 말고 반드시 곧장 집으로 돌아가기 바랍니다."

겨우 진정하고 말을 꺼낸 선생님의 목소리는 차라리 비장하기까지 했다.

"지금 여러분께 자세히 말할 수는 없지만 나라가 매우 어지럽고,

기도로 채워졌던 그날의 마지막 수업 시간. 울먹이던 목소리,
선생님의 눈물. 무슨 영문인 줄 모르고 나누었던 친구들과의
눈짓. 그 수업 시간의 선생님 기도가 우리에게는 설명할 수
없었지만, 우리에게 말하고 싶었던 것을 눈물로 대신했다는
것을 안 것은 오랜 시간이 지난 후였다.

또 혼란스럽습니다. 지금 우리가 할 수 있는 일이라고는 기도하는 일밖에 없는 것 같습니다. 여러분이 어른이 될 때는 이런 일이 더 이상 일어나지 않았으면 합니다."

우리들이 잘 알아들을 수 없는 선생님의 말이 계속 이어졌다. 나라가 어지럽고 혼란스럽다니, 그게 무슨 말인가 싶었다. 우리가 할 수 있는 일이라고는 기도밖에 없다니, 그것도 이해되지 않는 말이었다.

모든 것은 어제와 다름없이 제자리에 있었고 우리가 보기에는 어떤 혼란도 없었으니까. 그러나 곧이어 더 충격적인 말이 들렸다.

"내일부터 학교는 무기한 휴교에 들어갑니다. 다시 등교하라는 말이 전달되기 전까지는 학교에 나오지 않아도 됩니다. 반장은 비상 연락망을 한 번 더 체크해보고……."

무기한 휴교, 비상 연락망. 너무 생소하고 예상하지 못한 말들이 계속 쏟아졌다. 교실 안은 다시 술렁거렸다.

"휴교 중에는 될 수 있으면 거리로 나가지 말고 집에서 방송을 들으며 밖의 상황을 주의 깊게 듣길 바랍니다. 광주 쪽에서 심상찮은 일이 일어난 듯합니다."

선생님은 다시 울먹이기 시작했다. 늘 당당하고 강해 보였던 선생님의 어깨가 울먹일 때마다 흔들렸다. 그날처럼 선생님의 어깨가 작고 연약해 보인 적은 없었다. 광주에서 어떤 일이 일어난 것은 사실이지만 그것이 구체적으로 무엇인지는 우리로서는 짐작조차 하기 어려웠다. 그때 우리들은 기껏해야 염소 똥 굴러가는 것만 봐도 웃는 철없는 계집애들에 불과했었으니까. 벚나무 가지에서 꽃잎이 떨어지면 그것을 잡아보겠다고 뛰어다니던 꿈 많고 걱정 없는 소녀들이었으니까. 하지만 너무나 강해 보였던 담임 선생님이 울먹거릴 정도면 아주 큰 일이 일어난 것임에 틀림없다는 생각은 들었다.

운동장을 한 바퀴 돌아 벚나무가 심겨진 내리막길을 걸어 내려갔다. 선생님의 울먹거리던 기도도 잊어버렸다. 다음 날부터 학교에 오지 않아도 된다는 것에 약간 기분도 들떠 있었다. 그럼에도 불구하고 가끔 우리 중 누군가는 '그런데 무슨 일일까?' 하고 묻기도 했다. 그러나 그것도 잠시 우리는 다시 깔깔거렸고 재잘거렸다. 여느 때처럼 재밌는 얘기들을 다투어 말했다.

시가지는 조용했다. 오가는 사람들에게서도 특별한 것을 발견할 수 없었다. 다만 거리가 다른 날보다 약간 한산해 보이기는 했다. 하지만 때론 그런 날도 있으니까 그것조차 크게 대수롭게 여겨지지 않았다. 선생님의 기도 속에 있던 '혼란' 같은 것은 그 어디에도 없어 보였다. 정말 아무 이유도 없이 휴교령이 내려진 것 같았다.

다음 날, 광주 시내에서 일어난 '폭도들'에 대한 얘기가 TV 뉴스에

나왔다. 그러니까 우리의 휴교는 광주에서 일어난 그 '폭도들'과 관련되어 있었다. 우리가 살았던 그 작은도시는 광주와 가까운 곳이었으니까.

휴교는 오래가지 않았다. 우리들은 왜 휴교를 했는지조차 더 이상 의문을 갖지 않았다. 며칠 동안 집에서 놀았다는 것만 기분 좋았다.

그날의 진실들을 어느 정도 알게 된 것은 내가 대학교에 입학한 다음이었다.

기도로 채워졌던 그날의 마지막 수업 시간. 울먹이던 목소리, 선생님의 눈물. 무슨 영문인 줄 모르고 나누었던 친구들과의 눈짓. 그 수업 시간의 선생님 기도가 우리에게는 설명할 수 없었지만, 우리에게 말하고 싶었던 것을 눈물로 대신했다는 것을 안 것은 오랜 시간이 지난 후였다.

그때는 광주민중항쟁이 시작되던 시점이었고 여러 가지 이유로 인근 학교들에 휴교령이 내려졌던 것이다.

그 선생님은 끝내 결혼을 하지 않으셨고, 내가 졸업한 그 학교에 오래 근무하시다가 정년 퇴임을 했다는 소식을 들었다. 짧은 커트 머리와 사각 프레임의 검은 뿔테 안경. 통이 넓은 검정색 바지와 허리

선이 들어가지 않은 재킷. 그리고 그해 5월의 지리 수업. 하고 싶었던 말들을 눈물의 기도로 대신했던 그 수업이야말로 내게 가장 기억에 남는 수업이 되었다.

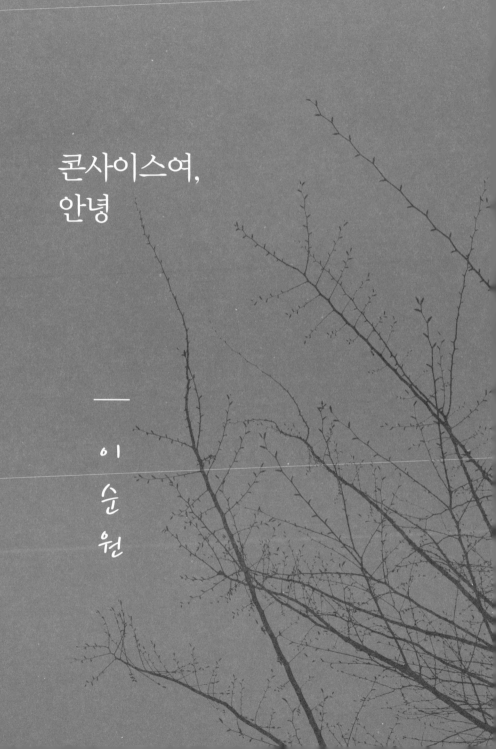

콘사이스여,
안녕

—

이
순
원

어떤 사람들은 열세 살이 되기 전에 이미 앞으로 자신이 알아야 할 어른들 세계의 모든 것을 알았다고 말한다. 그 나이로 성장이 멈추었다고 말하기도 하고, 삶에 대해 이제 더 알 것이 없어졌다고 말하기도 한다. 그들이 말하는 '알았다'는 것이 '어른들 세계'의 어디까지를 포함하는 것인지는 알 수 없으나, 세상 어느 구석에나 그런 조숙한 천재들과 그 천재들을 조숙하게 만드는 환경이 따로 있는 모양이다.

　그런 쪽으로는 아니지만, 어릴 때부터 공부에 관한 한 늘 천재 소리를 듣던 형은 틈만 나면 내게 놀리듯 말했다.

　"너, 그걸 알아야 돼. 머리가 안 좋으면 평생 고생이다."

　혹은,

　"머리가 안 따라주면 나중에 손발이 일찍 고생하는 수밖에 없는 거지."

　형은 중학교 때 학력경시대회에 나가 도 수석을 차지했고, 고등학교 때에도 전국모의고사에서 도 수석을 차지한 적이 있었다.

처음엔 나도 지지 않고 말했다.

"그러지 마. 나도 할 만큼은 해."

"야 인마. 촌 고등학교에서 할 만큼 하는 것하고, 전국모의고사도에서 1등 하는 것하고 같냐?"

나중엔 더러워서 내가 입을 다물고 만다. 천재하고 한 지붕 아래에 살면 그것 자체로 삶이 피곤하다는 걸 나는 그때 이미 알았다. 내가 남들보다 조금이라도 일찍 깨달은 것이 있다면 주로 그런 것이었다. 천재는 피곤하다. 말이 많다. 스스로 손발 쓰는 일을 지독히도 싫어해 동생에게 물 떠오라는 심부름을 잘 시킨다. 나설 때와 안 나설 때를 가리지 않는다. 남 기분 나쁜 소리만 골라서 한다. 늘 입만 가지고 모든 것을 해결하려 든다. 이론만 강하지 실제는 맹탕이다. 일일이 열거하자면 그것도 끝이 없다.

열세 살 때 나는 중학교 1학년이었다. 그해, 내가 중학교에 들어가고 형이 서울에 있는 대학에 들어가며 나는 비로소 한 지붕 아래의 천재로부터 해방되었다. 아마 나만큼 형의 합격을 진심으로 기원하고(그렇게 잘났으니까 어련히 합격하랴만은 그래도 사람의 일이란 언제 어떤 실수가 있을지 모르니까) 기뻐했던 사람도 없을 것이다. 그동안 형은 사사건건 내머리를 나무라고 손발을 동정했다. 서울로 올라가기 전에도 형은 내게 그런 말을 했다.

"나 없더라도 공부 열심히 해, 인마. 머리가 안 따르면 나중에 손발이 고생하니까."

인정하고 싶지 않지만, 어쩌면 형은 남보다 일찍 시작될 내 손발의 고생을 미리 알았던 것인지 모른다. 그러나 아직은 중학교 1년생이었다. 그것도 남들보다 한 해 빨리 학교엘 들어가 그렇게 된 것인데, 그때 내가 알았던 세상은 얼마만 한 크기였던 것일까. 한 번도 그 크기를 재본 적이 없는 것 같다. 그때의 내 얼굴조차 가물가물하다. 가지고 있는 앨범을 뒤져봐도 그때의 사진 같은 건 보이지 않는다.

그러나 그것까지 내 불찰인 것은 아니다. 자식이 중학교에 들어가면 그걸 기념해 한 판 멋지게 박아놓을 만도 한데, 나를 보듯 우리 아버지 어머니도 도통 자식들의 그런 외형적인 성장에 대해선 관심이 없었던 모양이다. 아니면 30년 전 그때, 일부러 시내 사진관을 찾아가 그런 기념사진 한 판 박는 것이 지금 텔레비전에 출연하는 것만큼이나 아주 특별한 일처럼 여겨졌거나. 어쨌거나 열세 살 때의 내 사진은 이 세상 어디에도 없다. 박아놓지 않은 것이다. 남들은 그 나이에 어른들 세계의 이치를 깨닫고 남은 삶의 뒷모습까지 헤아리게 되었다는데, 아무리 시골에서 살았다 해도 그렇지 그때의 내 모습을 되돌아볼 사진 한 장 없다니 여간 안타깝지 않다.

물론, 있다고 해도 크게 달라질 것은 없다. 다만 그때의 내 모습을 다시 보게 되면, 그 모습과 그 얼굴로 이 세상에 대해 어떤 생각을 했을까 하는 것을 그래도 조금은 구체적으로 떠올릴 수 있지 않을까 하는 아쉬움이 남는다는 얘기다.

열두 살 때와 열네 살 때의 것은 있다.

이상하게도 그땐(그러나 조금도 이상할 것 없이) 사진이라고 하면 꼭 무슨무슨 기념되는 날에만 단체로 한 장씩 박곤 했다. 열두 살 때의 사진 역시 그렇게 난체로 박은것이었다.*

그때 딱 한 장 박은 사진으로선 꽤 큰 크기여서 자로 재보니까 가로 19.5센티미터, 세로 15센티미터나 된다. 그 안에 은양초등학교 제21회 졸업생 52명의 얼굴이 손톱만 한 크기로 촘촘하게 박혀 있다. 그리고 교장 선생님과 교감 선생님, 담임이었던 6학년 선생님. 그때에도 학생 수가 많은 도시의 학교들은 앨범이라는 것을 만들었겠지만, 우리에겐 그 단체 사진 한 장이 앨범 대신이었다. 운동장 한가운데 책상과 걸상을 계단처럼 쌓아놓고 그 위에 세 줄로 늘어서서 박은

---

* 거듭 '박곤', '박은' 하니까 조금은 외설적으로 들릴지도 모르겠으나, 내 못된 말버릇 탓만은 아니다. 어릴 때 우리는 사진을 '찍는' 것이 아니라 '박는' 것으로 알았다. 그래서 초등학교 6학년 때 같은 학년이라도 우리보다 두세 살이나 나이가 많아 가슴까지 볼록하게 나온 보살집 여자아이가 어느 날 학교로 자랑하듯 사진기를 들고 온 선생님한테 생글생글 웃으며, "선생님, 저 한 번 박아주세요." "뭐야? 박기는 뭘 박아달라는 거야?" "아이, 그러지 말고 저 한 번만 박아주세요. 네, 선생님." 하고 말하기도 했던 것이다.

것인데, 유독 내 얼굴만 젖은 양말을 입에 물다 뱉은 것처럼 오만상을 다 찌푸리고 있다. 사진 아래에 '벗들아 영원히 잊지 말자. 졸업기념. 1969. 2. 10'이라고 쓰여 있어 그것이 열세 살 때의 것이 아닌가 생각할 수도 있겠지만, 2월 10일은 졸업식이 있던 날이고 사진은 그보다 두 달 빨리 박은 것이다.

"인상 하고는. 꼭 『삼국지』에 나오는 위연 같다."

학교에서 사진을 받아왔을 때 형이 말했다. 언제나 그런 식이었다.

"어디가?"

『삼국지』는 4학년 때부터 매일 한 시간씩 할아버지와 할머니가 계시는 사랑에 나가 그것을 읽어드리느라고 나도 여러 번 보았다. 아무리 어리고 생각 없이 자라도 거기에 나오는 위연이 누군지, 어떤 사람인지 정도는 안다. 그러니까 제갈량이 오장원에서 자신의 수(壽)를 빌 때 등잔을 쳤던 사람. 뒷머리에 반골이 튀어나와 언젠가는 모반하고 말 사람. 그리고 끝내 모반을 꾀하다, 죽은 제갈량이 남긴 꾀로 말 위에서 한 칼에 죽은 사람. 그러니까 형의 그 말은 '너는 위연이고 나는 제갈량이다.' 하는 뜻까지를 포함해서였다.

"머리도 안 좋은 게 꼭 나쁜 생각만 골라서 하거든. 너처럼 뒷머리에 비스듬하게 나온 반골도 있고."

"앞으로 박은 사진인데 그런 게 어디 보인다고?"

"안 봐도 아는 거지."

정말 사진 속의 내 얼굴은 그렇게 『삼국지』의 위연*처럼 나왔다. 아직 해가 다 지나가지 않은 열두 살 때라지만 그런 얼굴로 내가 세상의 무엇을 헤아리고 말고 할 게 있었겠는가. 그래서 더욱 열세 살 때의 사진 한 장이 있었으면 하는 것이다. 중학교 교복을 입고 그 위에 반듯한 학생모를 쓰고 찍은 사진이 있다면, 억지로라도 그때 그 나이에 했을 법한 제법 그럴듯한 생각 하나 떠오를지 모를 일이다.

그래도 그런 생각 하나는 했을지 모른다.

열심히 공부하여 훌륭한 사람이 되자.

이제 중학생이 되었는데.

'인내는 쓰나 그 열매는 달다.' 그런 것도 책상머리에 하나 붙이고……

그 열세 살 때의 이야기 중 빼놓을 수 없는 것 하나가 있다.

---

* 촉한의 장군으로 『삼국지연의』에서는 그를 반골상(反骨相)의 장수로 만들어놓았다. 처음엔 유표 휘하에 있었다. 유표가 죽은 후 형주를 물려받은 유종이 조조에게 항복하려 하자 이에 반발하여 장사태수 한현에게 몸을 의탁한다. 이때 한현 휘하에 황충이라는 걸출한 장수가 있었다. 유비와의 전투에서 황충이 관우를 살려주었다는 이유로 한현이 역모를 꾀한다며 황충을 죽이려 하자, 이를 지켜보던 위연은 한 칼에 한현을 베어 죽이고 유비에게 귀순한다. 이때, 제갈량은 유비에게 "위연은 반골의 상입니다. 게다가 자신이 모시던 군주를 죽이고 왔으니 중용하지 마십시오."라고 진언하였으나 유비는 위연을 받아들인다.
어쨌거나 그때의 내 나이가 된 아들도 형이 위연처럼 나왔다고 말한 내 사진을 보고 이렇게 말했다. "아빠, 그런데 아빠 혼자 왜 인상을 써요? 잘생기지도 않은 얼굴 가지고." "세상 고민 좀 하느라고." "그러니까 신발 잃어버린 사람 같잖아요." "신발이 아니라 세상 고민했던 거라니까." "그런데 옛날 사람들 참 못생겼다. 어린애들이 왜 이렇게 중들처럼 빡빡 머리를 밀었어요? 그게 그때 유행이었어요?" 그래, 그런 시절이 있었던 것이다. 이 아버지에게.

중학교에 입학할 내 키는 140센티미터가 채 되지 못했다. 교복 바지도 두 번 걷어올려 입었다. 윗도리도 손을 내리면 거의 도포 수준이었다. 그래도 오래 입어야 하니까 어머니가 무조건 큰 걸 사 입힌 것이다. 거기에 월요일부터 금요일까지의 책가방 무게가 족히 4킬로그램은 넘었을 것이다. 처음 얼마 동안은 일주일 내내 그걸 한 번도 펼쳐본 적도 없고, 또 펼쳐볼 일이 없더라도 '동아 신콘사이스 영어사전'만큼은 꼭꼭 가지고 다녔다. 왜냐면 그것이 초등학교를 졸업할 때 학교 대표로 받은 교육장 상의 부상이었기 때문이다. 그러니까 이제 겨우 영어 스펠의 대문자와 소문자, 또 그것의 인쇄체와 필기체를 배우던 첫 시간에도 나는 그 사전을 책상 한 귀퉁이에 올려놓았다. 왜냐면 그것이 선생님한테나 급우들한테 내가 누군지를 말해주는 훌륭한 증거물이었기 때문이다. 또 서울로 올라가기 전 영어 공부에 대해 형도 그렇게 말했다.

"영어 공부는 다른 게 없다. 영어가 안 든 날에도 사전은 꼭 가지고 다녀라."

그러나 형의 말을 들어서가 아니라 촌에서 왔다면 무조건 무시하려 드는 시내 아이들에 대해 나도 이 정도는 된다, 하고 내세울 수 있는, 비록 조그마한 학교지만 그 학교의 대표로 받은 교육장 상의 부상이었기 때문이다. 자연 가방이 무거워질 수밖에 없었다.

거기에 학교를 오가는 길도 여간 멀지 않았다. 아침저녁으로 20리, 하루 40리 길을 빠른 걸음으로 매일 세 개의 큰 고개를 넘어 세 시간씩 걸어다녀야 했다. 고등학교 형들을 따라갈 때면 팔뚝을 가방끈 사이로 끼워넣어 들고 연신 종종걸음을 쳐야 했다. 나중에 보면 뱀이 휘감은 듯 팔뚝에 가방끈 자리가 나곤 했다. 아침 새벽밥을 먹고 학교로 가 여섯 시간이나 일곱 시간을 마친 다음 집으로 돌아오면 늘 저녁때가 되곤 했다. 세상일을 생각할 겨를도 없이 저절로 녹초가 되지 않을 수 없었다.

그러나 마음까지 녹초가 되었던 건 아니다. 처음엔 꿈도 참 야무졌다. 펼쳐보지도 않을 영어사전을 가방에 넣어 다니듯 어떤 식으로든 나는 선생님이나 급우들한테 내 자신의 존재를 알리려고 애썼다. 작다고, 혹은 촌에서 왔다고 만만히 보지 마라. 영어사전만으로는 성이 차지 않아 뭔가 남들 앞에서 크게 한 번 잘난 척을 해보고 싶은데 그 기회가 영 오지 않는 것이었다.

그러던 어느 날 드디어 그 기회가 왔다.

"이 반에는 문교부장관이 누군지 아는 사람이 있나?"

5월 어느 날 국어 시간이었다. 솔직히 지금도 교육부장관이 누군지 모르고 사는데 이제 갓 중학교에 들어간 놈들이 그걸 알 턱이 없었다. 모두들 꿀 먹은 벙어리처럼 선생님의 얼굴만 쳐다보고 있는데, 선생님이 묘한 힌트를 던지는 것이었다.

"문교부에서 발간한 책엔 장관 이름이 안 나오나."

아무도 손을 들지 않자 혼잣소리로 선생님은 국어책을 이리저리 살펴보았다. 나도 얼른 국어책의 제일 뒷장을 열어보았다. 그러나 펴낸이만 문교부로 나와 있을 뿐 장관 이름은 나와 있지 않았다. 그렇다면 다른 책엔 혹시 나올지도 모른다는 암시가 되는데, 저 혼자만 영악하고 저 혼자만 헛똑똑해 빠진 내가 그 눈치를 모를 리가 없는 것이다. 나는 가방 속에서 얼른 다른 교과서를 꺼냈다. 생물과 물상을 한데 묶은 과학책이었는데, 거기에 바로 장관 이름이 나와 있는 것이었다. 겉장 제일 꼭대기 오른쪽에 '문교부장관 검정필' 하고.

검씨라는 성이 조금 이상하긴 했지만, 당장 우리 반에도 감씨와 견씨 성을 가진 아이가 있는데, 그런 성이라고 왜 없으랴 싶었다. 높고 훌륭한 사람들 중엔 더러 그렇게 우리가 잘 들어보지 못한 귀한 성을 가진 사람도 있는 법이었다.

나는 기운차게 손을 들었다.

"어, 그래도 이 반엔 아는 사람이 있네."

선생님도 반가운 얼굴이었고, 나를 쳐다보는 급우들의 얼굴도 역시 콘사이스는 달라, 하는 것 같았다.

"누구지?"

나는 '콘사이스'의 명예를 걸고 큰 소리로 대답했다.

"우리나라 문교부장관의 이름은 검정필입니다."

"검정필?"

"예, 책에 나와 있습니다."

나는 자신 있게 말하며 책상 위에 올려놓은 과학책을 들어 보였다. 아이들은 다시 역시, 하는 얼굴로 나를 바라보거나 성급하게 가방에서 과학책을 꺼내들기도 하였다. 뭔가 이상하다는 낌새를 느낄 사이도 없이 선생님은 바로 포복절도를 했다. 선생님이 왜 웃는지 나도 몰랐고 아이들도 몰랐다. 직감적으로 뭔가 틀린 대답이라는 건 알았지만, 그새 장관이 바뀌어서 그럼 이건 그 전 장관의 이름인가 생각했다. 그래서 새삼 선생님이 교실에 와서 그것을 물은 것이고.

"으허, 으허, 그건 말이지. 문교부장관의 이름이 아니라, 으허, 으허…… 그 책을 너희들이 배우는 교과서로 문교부에서 검정을 필했다는, 그러니까 문교부의 검사를 받고 허락을 받았다는 뜻이다. 그런 걸 으허, 으허, 문교부장관 이름이 검정필이라고, 으허, 으허, 살다가 이렇게 배꼽 빠지게 웃는 날도, 으허, 있네."

그제서야 반 아이들도 와, 하고 책상을 치며 웃었다. 손을 들기 전 마지막까지도 검씨 성이 미심쩍기는 했지만 누가 그런 걸 알았나. 그게 장관 이름이 아니라 문교부 검정 교과서라는 뜻인지. 짜식들, 자기들도 몰라서 역시 콘사이스는, 하고 바라보던 녀석들이 선생님의 설명을 듣고 나선 모두 날 배삼룡 취급하려 드는 것이었다. 헤이, 검정 필! 하면서.

형의 말이 틀리지 않았다.

"넌 꼭 『삼국지』에 나오는 위연 같다. 머리도 안 좋은 게 꼭 나쁜 생각만 골라서 하거든."

더러 천재들은 그렇게 앞날을 보기도 하는 모양이었다. 그다음 날부터 중학교를 졸업할 때까지 다시는 콘사이스를 넣고 다니지 않았다. 이미 창피를 떨 만큼 떤 것이었다.

나의 열세 살은 그렇게 지나갔다. 단 한 번의 잘난 척으로 장관의 이름을 바꿔준 것 말고는 세상 어느 일과도 상관없이, 내가 그것을 들여다본 적도 없었고, 그것이 날 들여다본 적도 없이.

걸레 좀
가져와라

—

김
나
정

난, 이 말을 떠올리면 기분이 좋아진다. 천사의 깃털 날개가 정수리를 쓰다듬어주는 것 같다. 혼자가 아니라는 생각마저 든다.

"걸레 좀 가져와라."

초등학교 5학년 종례 시간에 들었던 말이다.

당시 우리 반 남자애들은 내 가방을 축구공인 양 차고 놀았다. 하굣길에 내 뒤에 따라붙어 가방을 뻥뻥 차댔다. 나는 획 돌아 째려봤다. 눈빛에 강한 포스를 실어 보냈다. 남자애들은 처음엔 움찔했지만 지들끼리 키득거렸다. 죽은 사슴 근처를 어슬렁거리는 하이에나 무리 같았다. 뒤돌아 몇 걸음 옮기면 슬금슬금 따라붙었다. 가방이 다시 들썩거렸다. 필통 속 연필들이 달그락거렸다. 나는 가방 끈을 틀어쥐었다.

저 애들은 왜 내 가방을 차대는 걸까.

남자아이들은 여자아이들의 고무줄을 끊는다. 치마를 들춘다. 부르지 말라고 애걸해도 개구리, 바야바, 고래 밥 따위의 별명을 거듭

불러댄다. 초보적인 구애 전략이다. 심기를 어지럽히고, 발끈하게 만들어 관심을 끌자는 거다. 사랑은 관심에서 싹트는 법이니까.

하지만, 내 사랑을 얻자고 가방을 차는 건 절대 아니었다. 그저 하굣길의 여흥이었다. 빈 깡통을 보면 반사적으로 차듯이. 어른들이 술자리에서 젓가락으로 장단을 맞추는 것과 다를 바 없었다. 아이들은 내 가방을 차며 즐거워했지만, 나는 하나도 재미없었다. 술래만 계속하는 숨바꼭질을 하는 것 같았다.

가방에 문제가 있나 생각해봤다. 악령이 깃든 가방처럼 보여 푸닥거리를 하는 걸까. 빨강색인 게 문제인가. 반공 글짓기, 반공 포스터가 숙제였던 시절이었다. 좀 더 순하게 생긴 가방으로 바꾸면 안 차려나. '오늘도 무사히' 두 손 모으는 소녀가 프린트된 가방은 어떨까. 발이 닿으면 요란한 비명 소리를 지르는 가방은 없을까. 혹은 가방에 꽃꽂이할 때 쓰는 침목을 붙여두거나, 철조망을 매다는 등의 적극적인 방어 태세를 갖출까도 궁리해봤다.

그러나 가방을 바꾼다고 문제가 해결되진 않는다. 내 가방은 문방구에서 파는 표준형 가방이었다. 교문에 서 있으면 10분에 한 명꼴로 나랑 같은 가방을 멘 아이가 지나간다. 그러니 가방에게는 죄가 없었다. 그 아이들은 가방이 아니라, 나를 차대고 싶어 한 건 아닐까. 그나마 고학년이니 친구를 괴롭히면 안 된다. 폭력은 나쁜 것이라고 바른

생활 시간에 배워서 나 대신 가방을 차는 게 아닐까. 에둘러 공격하는 법을 안 것이다.

가방을 차는 아이들보다 가방을 차이는 내가 한심해졌다. 어쩌다 가방에 발길질을 해도 상관없는 아이가 되어버렸을까. 도통 말이 없어서였을까. 가끔 하는 말이 뜬금없어서였을까. 괴팍해서였을까. 아니면 꼬질꼬질해서였을까. 만만해서였을까.

나는 묻고 싶었다. 도대체 왜 그러느냐고. 하지만 난 묻지 못했다. 그저 빨리 그 상황에서, 발길질 사정권에서 벗어나려 했다. 아이들은 내 뒤를 쫓았다. 우리들은 곡마단 패거리 같았다. 내 가방은 원숭이들이 차대는 큰북이었다. 구경거리가 되는 건 싫었다. 나는 고개를 푹 숙였다. 가방을 멘 채 풍선처럼 하늘로 떠오르고만 싶었다. 우리 집은 아파트 단지 건너편 너머 주택가였다. 횡단보도를 건너면 비로소 한시름 놓았다.

"가방 꼴이 이게 뭐냐? 사준 지 얼마나 됐다고!"

늦은 밤, 일을 끝내고 온 어머니가 내 가방을 봤다. 가방은 얼룩개의 등짝 같았다. 왜 가방에 자꾸 신발 자국이 나느냐고 캐물었다. 실수로 밟았다는 변명은 통하지 않았다. 내가 어물거리자, 엄마는 똑바로 말하라고 했다. 눈빛이 매서웠다. 용의자를 추궁하는 형사 같았다.

마지못해 나는 내 가방의 수난사를 털어놓았다. 이야기에 살이 붙

가방을 차는 아이들보다 가방을 차이는 내가
한심해졌다. 어쩌다 가방에 발길질을 해도 상관없는
아이가 되어버렸을까. 도통 말이 없어서였을까.
가끔 하는 말이 뜬금없어서였을까. 괴팍해서였을까.
아니면 꼬질꼬질해서였을까. 만만해서였을까.

었다. 서러움이 더해갔다. 고문도 하지 않았건만, 가방을 찬 아이들의 이름도 순순히 불었다.

"가자, 얼른."

엄마는 가방을 들고 현관을 나섰다. 어디 가냐고 묻자, 가방 찬 애네 집에 간다고 했다. 예전에 꽃 배달을 갔던 집이라고 했다. 나는 기겁했다. 응징하거나 복수를 해달라는 게 아니라 그냥 위로를 받고 싶었다. 그동안 얼마나 속상했니, 하는 말 같은 거 말이다. 그러나 엄마는 미적거리는 내 팔을 잡아끌었다.

"또 가방 차일래?"

횡단보도에 서서 엄마는 등신같이 왜 가방을 차게 내버려두냐고 화를 냈다. 그러게 말이다. 등신 같다. 할 말이 없었다. 나는 신호등이 바뀌기만을 기다렸다. 아파트 현관문 앞에 섰다. 엄마는 초인종을 누르곤 내 곁에서 씨근덕거렸다. 문이 열리면 바로 튀어나갈 경주마처럼 보였다.

문이 열리고 밝은 빛이 새어나왔다. 머리가 부스스한 아주머니가 얼굴을 내밀었다. 감자 부대 같은 홈드레스에 꽃무늬가 자잘했다. 아파트 단지에서 종종 볼 수 있는 보통 아줌마였다. 악마의 엄마답지 않았다.

"누구······시죠?"

여자는 우리 모녀를 아래위로 봤다. 엄마는 다짜고짜 여자에게 증거물 1호인 가방부터 내밀었다. 그러곤 당신 아들이 내 딸 가방을 찼다고 속사포를 쏘아댔다. 증거물 2호인 나도 보여주었다. 여자는 현관 손잡이를 잡은 채 고개를 끄덕거렸다. 심각한 표정을 지으며 맞장구쳐줬다. 텔레비전 뉴스를 보는 얼굴이었다.

"음…… 남자애라서 좀 짓궂게 굴었나봐요. 앞으론 주의시킬게요."

여자는 조근조근한 말투로, 교양 있게 말했다.

나는 이런 장면을 떠올렸다. 딩신네 집 개가 짖잖아! 라고 이웃이 와서 따진다. 이런, 죄송해서 어쩌죠. 폐를 끼쳐서 죄송해요. 앞으로 조심시키겠어요. 문이 닫히자마자 요란한 개 짖는 소리가 들린다. 해~피, 윗집 이웃 분께서 네가 짖는 소리가 거슬린다고 하시는구나. 앞으론 우리, 조심하자. 알았지? 사뿐사뿐 걷고.

아니나 다를까, 발길질은 멈추지 않았다. 되레 힘차진 것 같았다. 그 애 엄마는 도대체 뭐라고 했을까. 속수무책이라고 생각했던 걸까. 차이는 아이가 자기 자식이 아니니까 상관없단 걸까. 어린 시절 장난쯤으로 아는 걸까. 그런 식의 항의 방문을 워낙 많이 받아서. 아니면 그런 일 따윈 별게 아니라고 생각했을까.

나는 그 뒤론 엄마가 들어오기 전에 가방을 탈탈 털어두었다. 다행히 엄마는 바빴다. 집에 돌아오면 외출복 차림으로 잠들 때도 많았다.

먹고사는 게 바빠서 자식의 정서 문제까지 보살필 여력이 없었다. 초인이 아니니까. 아빠에게 가방 보디가드를 맡기지도 못한다. 아빠는 너무 멀리 있었다. 사막에 정원을 만든다는 엽서만 가끔 날아왔다. 하여 내 가방은 다른 아이들 가방보다 빨리 낡아갔다.

가방을 멘 나는 상여꾼 같았다. 하굣길이 저승길이었다. 학교에 가고 싶지 않았다. 하굣길의 여흥은 내가 학교에서 감당해야 하는 상황의 일부분이었다. 반에서 가장 몸집이 컸던 나는 스머프에 나오는 빅노우즈 같았다. 평화로운 스머프 마을 밖에서 살았다. 스머프들이 노는 걸 구경만 했다. 난쟁이 스머프는 거인을 놀이에 끼워주지 않는다. 거인은 뚱한 얼굴로 바라보기만 한다.

나는 그런 내가 싫었다. 스스로가 송충이 같단 생각도 했다. 애들이 질색하는 송충이. 아무 해도 안 끼친 것 같은데, 보는 족족 밟아버리고 싶은 송충이 말이다. 나는 멀리 떨어진 사람 없는 무인도에서 나뭇잎이나 뜯어먹고 싶었다. 나뭇잎 대신 책장만 들여다봤다. 나는 악인이 벌을 받고 선인이 상을 받는 동화책을 사랑했다. 흥부전을 읽으면 내 가방이 터져 똥 벼락을 맞는 아이들을 떠올렸고, 신데렐라가 구두 짝으로 언니들의 싸대기를 날리는 상상도 했다. 지구가 멸망하고 나만 남은 상상도 했다. 하지만 상상만으로 바뀌는 건 아무것도 없었다. 가방은 여전히 발길질에 들썩거렸다. 나는 그렇게 영영 송충이처럼, 스머프 마을의 구경꾼처럼 살 줄만 알았다. 어린아이에게 하루는 너무 길다.

당시 우리 반 아이들은 모두 67명이었다. 교실 뒤편까지 책상들로 꽉 찼다. 와글와글 북적였다. 담임 선생님은 고함을 치시곤 했다. 눈썹이 짙고 콧대가 날카로웠다. 눈은 탐조등이었다. 떠드는 아이들을 귀신같이 알아채셨다. 체육 시간에 호루라기를 불며 호령을 했다. 매질을 하진 않았지만, 화가 나면 불벼락이 떨어졌다.

나는 선생님이 무서웠다. 감옥의 교도관 같았다. 난 숙제도 잘 까먹고 질문에 대답도 잘 못했다. 혼이 날까봐 두려워 선생님 눈을 피하려고 애썼다. 큰 사고를 치거나 눈에 띄게 똑똑하지만 않으면 숨어 살 수 있을 거라고 생각했다. 67명의 아이들 속에 숨는 건 쉬운 일이었다. 눈에 띄지만 않으면 되니까.

선생님은 늘 활기찼고 바빠 보였다. 67명을 돌보느라 정신이 없으니까. 게다가 난 위장 전술에 능하니까. 돌멩이처럼 아무렇지도 않다는 얼굴로 자갈밭에 섞여 있으니까. 선생님 눈에 당연히 난 돌멩이처럼 보일 거라고 생각했다.

5월 초였다. 금요일 맨 마지막 시간은 특별활동 시간이다. 다른 날보다 늦게 끝났다. 종례 시간에 아이들은 집에 가고 싶어 발을 굴렀다. 의자에서 들썩거렸다. 늑장을 부리면 당시 큰 인기를 모았던 '모래요정 바람돌이'를 못 볼지도 모른다.

알림장을 적으며 나는 머릿속으로 운동장 뒤 쓰레기 소각장으로 빠지는 도주로를 그렸다. 하지만 이미 실패를 맛봤던 탈출로였다. 갈탄을 밟은 신발로 차이는 건 더 싫다.

그때 선생님이 내 이름을 불렀다. 고개를 드니 교탁에 선 선생님이 날 보고 있었다. 다시 내 이름을 불렀다. 나는 걸상을 밀고 엉거주춤 일어났다.

"걸레 좀 가져와라."

몇몇이 나를 힐끔힐끔 바라봤다.

"걸레요?"

선생님은 복도 끝 청소함에서 대걸레를 가져오라고 하셨다. 나는 영문을 몰랐다. 선생님은 꼭 복도 끝 청소함에서 걸레를 꺼내오라고 했다. 나는 뒷문을 열고 복도로 나섰다. 이런 심부름을 시킨 까닭을 알 수가 없었다. 나는 주번도 아니고, 청소 당번도 아닌데.

문득, 대걸레가 걸레질할 때만 필요한 게 아니란 걸 알았다. 대걸레 자루는 강력한 무기다. 사랑의 매로 쓰기 딱 좋다. 눈물이 찔끔 나

게 하고 엉덩이를 얼얼하게 만드는 데 안성맞춤이다. 전날 숙제를 엉망으로 한 게 떠올랐다. 풀이 과정은 모조리 생략하고 답만 적었다. 받아쓰기를 망친 것도 생각났다. 선생님은 나에게 매를 가져오라고 한 거다.

종례 시간이 끝난 반에서 아이들이 튀어나왔다. 나는 콩알들을 피하며 복도 끝으로 터덜터덜 걸어갔다. 발뒤꿈치에서 실내화가 철썩거렸다. 복도 끝에 도착했다. 청소함 손잡이를 잡았다. 무기 창고의 문을 여는 것 같았다. 흰 털이 달린 대걸레들이 줄지어 서 있었다. 나는 좀 순하게 생긴 대걸레를 고르려고 했다. 허나 다들 똑같이 생겼다. 자루는 하나같이 딱딱한 나무였다. 나는 맨 끝에 있는 대걸레를 뽑아냈다. 대걸레 자루가 손에 묵직하게 잡혔다. 마녀처럼 가랑이 사이에 대걸레를 끼고 날아가고 싶었다. 복도를 떠나, 학교를 떠나 구름 위로 날아간다. 청소함 문을 닫았다.

억울했다. 나 말고 맞을 만한 아이들이 많다. 특별히 못한 것도 아니다. 위장 전술이 실패로 돌아간 걸까. 나는 왼손에 대걸레를 들고 복도를 걸었다. 단두대를 향해 걸어가는 마리 앙트와네트 같았다. 아이들은 내가 매를 맞는 걸 구경할 것이다. 누군간 웃겠지. 신발주머니를 흔들며 남자아이 하나가 내 곁을 지나갔다. 내 걸음은 점점 빨라졌다. 무서우면, 나는 더 빨리 걷는다. 미적거리면 열 대 맞을 게 스무

대로 늘지도 모른다.

교실에 도착했다. 뒷문 앞에 섰다. 선뜻 문을 열 용기가 없었다. 발돋음을 해서 창문 안을 들여다봤다. 어쩜, 선생님이 까먹을지도 모른다. 교실 안은 조용했다. 아이들은 모두 칠판 쪽을 바라보고 있었다. 선생님은 교탁을 양손으로 짚고 아이들에게 말하고 계셨다. 평소와 달리 목소리가 작았다. 나는 귀를 쫑긋거렸다.

내 이름이 들렸다.

"……괴롭히지 마라, 왜 그러니?"

선생님은 아이들에게 부탁한다, 고 말했다.

"한 반 친구끼리 사이좋게 지내야지. 얘들아, 부탁한다."

선생님은 웃으셨다. 아이들은 고개를 끄덕였다. 나는 대걸레 자루를 꼭 쥐었다. 교실로 들어가지 못했다. 뒷문 앞에 걸레랑 나란히 서 있었다. 부끄러웠다. 자존심도 상했다. 나는 놀아달라고 애걸하고 싶지 않다. 그냥 멀찌감치 바라만 볼 테다. 하지만 나 대신 선생님이 아이들에게 부탁하고 계셨다. 나는 코를 훌쩍거리며 교실 안을 봤다. 선생님은 가방을 찬 일당들을 차례로 일으켜 세우셨다. 처음엔 달래셨다. 걔가 얼마나 속상했을지 생각해봐라, 하셨다. 한 번만 더 그러면 눈물 쏙 빠지게 혼날 줄 알아라! 교탁을 두드리셨다. 그 애들은 움찔거렸다. 선생님은 다시는 안 그러겠다는 다짐도 받아내셨다.

나는 좀 울고 싶었다. 좀 울었다. 주먹으로 눈물을 닦았다. 말소리가 그치길 기다렸다. 그리고 조심스럽게 교실 문을 밀었다. 선생님이 날 봤다. 아이들도 날 봤다.

"어, 걸렌 저기 뒤편에 세워둬라."

선생님은 아무렇지도 않은 말투로 우유 값은 내일까지 내라고 했다. 짝이 내 얼굴을 힐끔거렸다. 나도 딴청을 피웠다.

물론 그다음 날이 되어 내 사정이 훨씬 좋아진 건 아니다. 신데렐라가 왕자랑 행복하게 오래오래 살았단 결말 따윈 없었다. 하지만 발길질이 멈췄고, 내 가방은 구원받았다. 말끔한 얼굴로 학교를 오갔다.

난 사람이나 생에 대해, 결정적으로 실망하지 않는다. 그 종례 시간 이후 그래왔다. 누군가가 날 봐줬다. 내 마음을 봐줬으니 영영 혼자는 아니다. 선생님은 나를 발견해줬다. 마음을 끌어안아줬다.

몇 주 뒤 선생님은 내 작문 숙제도 칭찬해주셨다. 횡단보도 앞에 선 아이 이야기였다. 별다른 얘긴 아니었다. 신호등은 나한테 윙크를 한다. 신호등이 녹색으로 바뀌면 이상한 나라가 열린다. 선생님은 내게 글 솜씨가 있다고 말씀하셨다. 아이들이 시큰둥해하자, 한 줄 한 줄 다 읽어주셨다. 아이들은 박수를 쳐줬다. 나한테 글 솜씨란 게 있다니. 내 속에서 뭔가 반짝이는 걸 발견한 느낌이었다. 난, 그냥 돌멩이는 아니었다.

그분 성함은 김기택. 탁구 선수도, 남자도 아니다. 호랑이 같은 여자 선생님이셨다. 내 가방의 은인이시다. 가방 주인이 글을 쓰게 하셨다.

얼음 땡! 해주셔서 고맙습니다. 김기택 선생님. 또 듣고 싶습니다, 그 말을요.

"걸레 좀 가져와라."

제 마음속 어린아이가 날아갑니다. 가방에는 날개가 돋습니다. 저는 암만 노력해도 영영 불행한 사람은 못 될 것 같습니다. 감사합니다, 선생님.

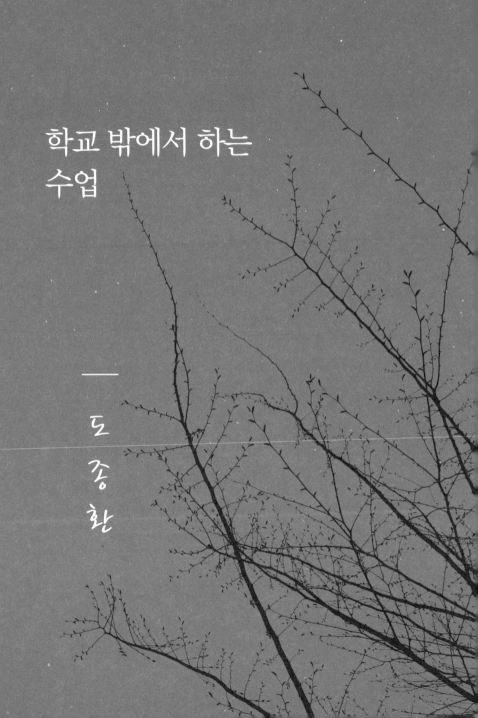

학교 밖에서 하는
수업

도 종 환

봄에 심은 장미가 학교 곳곳에서 붉게 피어오르고 있다.

3월 말에 학년 전체가 인근 이월면에 있는 장미농원으로 현장체험학습을 갔었다. 농업기술센터 지도사와 화훼영농조합 대표이사에게 장미를 심고 가꾸는 법을 배웠다. 양액 재배로 키우는 장미와 토양 재배로 키우는 장미에 대해 보고 배운 다음 학교로 돌아와 땅을 파고, 배운 대로 전지를 하고, 장미 500그루를 직접 교정 곳곳에 심었는데 그 꽃이 요즘 한창 피어나고 있는 것이다.

제일 먼저 꽃을 피운 두레에게는 장미꽃 무늬가 들어 있는 손수건을 한 장씩 선물로 주겠다고 했더니 심고 난 뒤에도 정성으로 물을 주고 꽃을 가꾸었다. 손수건 선물을 받은 아이들은 자기들이 키운 장미꽃 앞에서 손수건을 펼쳐 들고 입이 찢어져라 웃으며 사진을 찍었다. 손수건 선물을 못 받은 아이들 입이 한 발씩 튀어나오는 바람에 가장 늦게까지 꽃을 피우는 두레도 상을 주겠다고 약속했다.

옆 반 아이들은 마침 이번 달 생일잔치를 하는 날이라서 생일선물도 받고 친구들 편지도 받고 광옥이가 삶아온 감자도 먹으며 장미꽃 밭 앞에서 신이 났다. 교무실 내 책상에 놓여 있던 감자가 안 보이기에 "광옥아, 내 감자 누가 다 먹었어?" 그랬더니 아이들은 깔깔대고 광옥이는 죽는 시늉을 한다. 광옥이 별명이 감자인 줄 미처 몰랐다.

한 주 전에는 사극 〈태조왕건〉 촬영 현장으로 체험학습을 다녀왔다. 사회과에서 배우는 '고려의 재통일'이라는 단원과 직접 관련이 있어서 아이들은 흥미를 갖고 선생님 설명에 귀를 기울였다. 그날 해결해야 할 주요 과제는 견훤이 삼국을 통일하지 못한 이유는 무엇일까? 궁예는 왜 부하들에게 불신을 받고 쫓겨났을까? 왕건이 통일을 이룩하는 데 주요 세력 기반이 된 것은 무엇일까? 등이었다. 사회 선생님의 설명만으로 불충분한 것은 미리 마련한 자료를 참고하고 그래도 잘 이해가 안 되면 그곳에서 촬영을 하고 있는 배우나 감독들을 찾아가 물어서라도 해결하라고 했다.

사전 교섭을 할 때 방송국 측에서는 절대 안 된다고 했다. 촬영 중에 학생들이 몰려와 있으면 드라마 촬영 자체가 불가능하다는 것이었다. 우리 학교 아이들은 학교 밖에서 하는 수업을 몇 년째 매달 하고 있으므로 괜찮을 것이라고 했지만 방송국에서는 절대 불가만을 되풀이했다. 가만히 구경하고 있다가도 주연 배우가 나타나면 이름을 부르고 소리를 치기 때문에 엔지가 난다는 것이었다. 그래도 우리는 촬영이 있다는 목요일을 택해 현장으로 수업을 떠났다. 아무리 배우들이지만 점심밥은 먹을 것이 아닌가?, 점심을 먹고 난 뒤에는 쉬어야 할 것이 아닌가? 하는 생각을 했다.

그전에는 세트장 견학 수업을 하거나 다른 수업을 진행하면 된다고 생각했다. 아니나 다를까, 점심시간이 되자 배우들은 옷을 입고 분장을 지우지 않은 채 여기저기서 쉬고 있었다.

촬영을 쉬는 사이에 아이들은 해결해야 할 과제를 들고 연출이나 스탭이나 배우들에게 달려가서 이것저것 물었다. 아이들이 가지고 있는 두툼한 과제물 자료집에는 지금 방영되고 있는 사극과 관련된 사진이 인쇄되어 있기도 하고, 아이들이 질문하는 내용도 사극 내용과 관련된 것이고, 수업 중 해결해야 할 과제라는 말에 배우들은 내치지 않고 대답을 해주곤 했다.

텔레비전에서만 보던 배우나 감독하고 이야기를 하는 것만으로도 아이들이 느끼는 기쁨은 컸다. 역사적 사실에 충실해야 하는 사극의 허구성은 어디까지 인정되어야 하는가, 하는 문제를 풀기 위해서도 연신 질문을 해댔다.

교실에서 이 단원을 배웠다면 칠판에 내용을 가득 써놓고 말로 설명하는 일을 계속했을 텐데, 그러면 얼마나 지루한 역사 수업이 되었을까. 더구나 과제 중에는 배우들과 함께 찍은 사진을 첨부하도록 되어 있어서 질문이 끝난 뒤에는 그들과 함께 사진을 찍었다. 이 사실을 자랑하고 싶어서라도 아이들은 이날 수업을 잊지 않으려 할 것이다.

고려궁, 백제궁 세트를 다니며 텔레비전에서 본 바윗돌이 스티로폼으로 만들어진 것을 확인하거나, 손에 들고 있는 고서의 안쪽에 대본이 붙어 있는 걸 발견하고 사진을 찍거나 깔깔대며 웃던 그날의 수업을 아이들은 평생 잊지 못할 것이다. 다른 사람들한테 이야기해주고 싶어서 궁예와 견훤과 왕건에 대해 오래오래 기억할 것이다. 교실의 안과 밖에서 하는 수업 중에 어느 것이 성취도가 높고 오래 기억될 것인가가 금방 판명 난다.

박물관 근처 어디를 가야 솟대 사진을 찍을 수 있는지, 우리 민화 '문자도'와 민요 '새재 아리랑'을 어디에서 조사해야 하는지, 역과 원은 영어로 무어라 하는지 그것들을 해결하기 위해 아이들은 장소를 옮길 때마다 바쁘게 움직였다. 교사들이 미리 사전 답사를 나와 통합교과형 수업으로 진행할 수 있는 학습 요소들을 찾고 자료집을 만들면서 뽑아낸 과제들이었다. 교실 밖으로 나와서 직접 보고 배우는 현장체험학습은 그런 사전 준비가 없으면 우왕좌왕하고 실패하기 십상이라는 점을 지난해부터 체험학습을 다니면서 배웠다.

한 달에 하루씩 학교 밖에서 진행하는 이 수업은 공동으로 조사하고 함께 공부하고 두레별로 함께 보고서를 만드는 이른바 '두레별 협력 학습'으로 진행하였다. 자기만 잘되기 위한 이기적이고 개인적인 공부에서 탈피하게 하기 위한 방법이다. 물론 그 공동 작업의 결과를 국어 영어 수학 사회 과학 등 과목별로 평가에 반영한다.

그날 우리는 숲에서 들풀 수업도 했다. 애기똥풀과 망초꽃이 가득 피어 있는 풀밭에서 수업을 하는 사이에 아이들은 금방 토끼풀로 풀시계와 꽃관을 만들어가지고 왔다. 아이들이 만들어준 꽃관을 머리에 쓰고 들꽃으로 만든 꽃다발을 안고 행복하게 웃으며 같이 사진을 찍었다. 꽃 이름 풀 이름 하나씩 기억하며 그걸로 삼행시 사행시를 짓고 그것으로 들풀신문도 만들었다.

"우리 학교 아이들은 참 행복한 아이들이에요."

함께 간 장 선생님이 그렇게 말을 했다. 진짜로 매일 행복한지는 잘 모르겠지만 그날만은 선생님도 아이들도 행복한 하루였다.

1998년 가을 충북 진천군 덕산면에 있는 덕산중학교로 복직한 다음 해부터 학교 밖에서 하는 수업을 제안하여 선생님들과 함께 실시했다.

원래 모든 학교가 1년에 34시간씩 현장체험학습을 하도록 되어 있다. 7차 교육과정에서도 재량활동 시간이라고 해서 34시간을 이수하게 되어 있다. 그런데 대부분의 학교에서는 지역 사회 곳곳을 찾아가 배우는 현장체험학습을 부담스러워한다. 거기에는 몇 가지 이유가 있다.

첫째는 어떻게 운영해야 할지 운영에 대한 연간 계획을 잡는 데서부터 막히기 때문이다. 34시간이면 일주일에 한 시간씩인데 한 시간 동안 무얼 어떻게 실시해야 할지 대안이 떠오르지 않는다고 한다.

둘째는 체험학습의 내용을 어떻게 채워야 할지 경험이 없어서 막막하다고 한다. 체험학습 계획을 세우고 자료를 수집하고 결재 과정을 거치고 하는 일이 다 업무 부담으로 온다고 생각하기 때문에 적극적으로 나서기를 꺼린다.

셋째는 차를 타고 멀리 나가는 것에 대해 매우 부담스러워한다. 학생들에게는 경제적인 부담도 될 테고 사고라도 나면 어떻게 하나 하는 걱정을 인솔 교사나 교장 교감은 하고 있다.

넷째는 학생들이 학교 안의 규제에서 풀려나 사고라도 치거나 일탈 행동을 하는 등 생활지도의 문제가 생기지 않을까 하는 걱정을 한다. 아이들이 다른 곳으로 도망치거나 개인 행동을 하지 않도록 지도하고 통솔하는 데 따르는 어려움을 생각하면 머리가 아프다는 것이다.

그런 저런 이유로 학교에서는 학교 밖으로 나가지 않고도 할 수 있는 체험학습으로 대치하거나, 매년 실시해오던 소풍이나 학교 행사

등을 체험학습으로 서류상 정리해놓거나, 형식적으로 그저 1년에 한 두 번 가장 간편한 체험학습을 실시하는 정도로 흉내만 낸다.

우리도 처음엔 마찬가지로 막막했다. 해본 경험이 없기 때문에 막막한 상태에서 시작을 했다. 그래서 직접 해보면서 방법을 찾아나갔다.

일주일에 한 시간씩 하게 되어 있는 것을 5주 단위로 묶어 5주에 한 번씩 하루 종일 체험학습을 실시할 수 있도록, 목요일은 체험학습을 실시하는 국어 영어 수학 사회 과학 등 5개 교과로만 시간표를 짜 놓았다.

교육과정 운영은 5개 교과가 통합교과형으로 실시했다. 통합교과형 수업이라는 건 예를 들면 국어 시간에 탈춤의 역사와 종류와 유래에 대해 공부하고, 미술 시간에 탈을 직접 만들어보고, 체육 시간에 선생님과 함께 직접 탈춤을 배우고 추어보는 방식의 수업이다. 지금처럼 분과형 수업으로 나뉘어져 배타적으로 운영되는 것이 아니라 각 교과 간에 서로 유기적으로 연결될 수 있는 것들을 찾아내 '팀 티칭 방식'으로 가르치는 것이다. 지식이 조각조각 나누어져 따로 존재하는 것이 아니라 유기적으로 연결되어 삶 속에 경험과 함께 존재해 있게 하는 수업이다.

예를 하나 더 들어보겠다. 덕산중학교가 있는 진천군에는 우리나

라에서 가장 오래된 돌다리가 있다. 농다리라고 하는 돌다리다. 중부
고속도로 진천 근방을 지날 때면 고속도로에서도 내려다보이는 다리
이다. 고려시대에 쌓은 돌다리라고 전해오는데 이 다리에 가서 수업
할 때 이렇게 했다.

사회과에서는 다리가 놓여진 시대인 고려시대 진천군의 역사와 이
름의 변천, 당시의 사회·역사적 배경 등에 대해 공부했다. 다리를 재
료에 따라 흙다리, 나무다리, 섶다리, 돌다리 등으로 나눈다는 것과,
만드는 방법에 따라 징검다리, 보다리, 매단다리, 배다리 등으로 나눈
다는 것도 공부했다.

국어과에서는 다리를 놓은 인물과 다리에 얽힌 전설에 대해 공부
했다. 이런 다리를 놓는 시합을 하거나 성을 쌓는 시합을 할 때, 딸이
앞서고 있으면 어머니가 꼭 아들의 편을 들어 딸에게 무엇인가를 먹
으며 쉬게 하고 그래서 결국 아들이 이기게 만드는 이유가 어디에 있
는지 함께 이야기해보았다.

과학과에서는 다리가 어떤 암석으로 만들어졌는가를 알아보기 위
해 실험 도구를 가지고 가서 실험하고 관찰했다. 약품을 떨어뜨려서
반응을 보고 알아내는 방법도 시도해보았고, 다리를 만든 돌과 똑같
은 돌을 실험 망치로 작게 깨뜨린 뒤 표면을 돋보기로 관찰하여 암석
의 종류를 알아내기도 했다. 돌아오는 길에는 다리 주변을 깨끗이 청

소한 뒤 미리 준비해간 쓰레기봉투에 담아가지고 왔다. 이런 방식으로 시도한 통합교과형 수업은 요즘 흔히 쓰는 용어로 말하자면 통섭교육과 맥락이 같은 수업이라 할 수 있다.

과학과에서 동굴에 대해 배운 뒤 직접 동굴을 찾아가볼 때는 동굴 주변의 문화유적을 조사하여 도담삼봉과 정도전에 대해 배우고 그 근처에 있는 시인의 시비를 찾아가 공부를 했다. 국어과에서 단재 신채호 선생에 대해 공부할 때는 직접 신채호 선생 사당에 가서 독립운동가요, 언론인이요, 역사학자요, 문인인 선생의 생애에 대해 여러 교과가 함께 팀 티칭으로 가르치고 공부한 뒤 사당 뒤에 있는 고사리 등 이끼식물을 관찰하고 조사했다. 그리고 그때마다 교사들이 사전에 답사를 하고 논의를 하여 통합교과형 수업자료집을 만들었다.

이런 공부를 하기 위해 관련된 장소를 찾아가는 것을 학생들은 참 즐거워했다. 일단 교실을 벗어나는 것 자체가 아이들에게는 기쁘고 즐거운 일이었다. 개성을 보여줄 수 없는 획일적이고 둔탁한 교복을 벗고 편하고 예쁜 자기 옷을 입고 공부하러 나가는 것만 해도 학교생활의 새로운 활력소가 되었다. 혹시라도 빈부의 차이 때문에 위화감을 느끼는 아이들이 있을까봐 우리가 놀러 가는 것이 아니라 공부하러 간다는 것과, 그래서 옷을 검소하게 입고 와야 한다는 것을 강조했다.

차량을 빌리는 데 돈이 많이 들까봐 걱정하는 사람들이 있는데 관내 문화유적지나 체험학습장에서 공부를 할 때는 보통 일인당 2000원에서 2500원 정도밖에 들지 않았다. 버스를 빌려도 그렇고 시내버스를 전세 내도 마찬가지로 그 정도밖에 들지 않았다.

도청 소재지인 청주로 나갈 때는 5000원 내외, 멀리 갈 때도 8000원 정도밖에 들지 않았다. 도시락은 싸가고 교사들은 출장비를 받아서 움직이니까 그 외에 특별히 드는 돈은 없었다. 산업체 등을 방문해 직업 현장체험학습을 할 때는 회사가 버스를 내주어 경제적 부담이 전혀 없을 때도 있었고, 오는 길에 선물도 하나씩 받아오는 경우도 있었다.

생활지도의 문제도 없었다. 일과 진행이 미리 짜여진 계획표대로 움직이고 그때마다 학생들이 해결해야 할 과제들이 주어져 있고 그게 평가에 반영되기 때문에 한 번도 이탈 사고가 생긴 일이 없었다. 특히 사진이 중요한 역할을 했다. 장소를 옮길 때마다 거기서 두레별로 함께 모여 활동하는 사진을 찍고 그 사진이 보고서에 붙어 있어야 하기 때문에 친구가 자리에 없으면 자기들끼리 찾으러 다녔다. 보고서에 첨부될 사진 때문에라도 늘 두레별로 서로 찾으며 함께 다닌다. 교사가 일일이 학생들 인원 점검을 하지 않아도 자율적으로 통제가 된다.

학교 밖에서 하는 수업은 교실 안에서 책상에 가만히 앉아 있는 아이들만을 바라보며 그 아이에 대한 평가를 하던 때는 보지 못하던 모습, 아이들이 살아 움직이는 모습을 보게 된다. 아이들의 숨겨진 능력도 발견하게 되고, 몰랐던 장점과 특기도 알게 된다. 교실 안에서 하는 수업에서는 온순하고 말이 없으며 비활동적인 아이들이 착하다는 말을 듣는다. 그 대신 시간이 지나는 동안 이 아이들은 소극적이며 수동적인 아이들로 자라는 경우가 있다.

학교 밖에서 하는 수업에서는 활동적이며 적극적인 태도가 요구된다. 자기가 직접 찾아가서 묻고 조사하고 발견하고 해야 하기 때문에 자기표현을 잘 못하면 뒤로 처지게 된다. 자기가 만나보고 싶은 사람이 있으면 그 앞으로 용기 있게 나가야 한다. 주어진 과제를 해결하기 위해서는 선생님한테 와서 다시 묻거나 선생님을 쫓아다녀야 한다. 진취적이고 창의적인 태도가 요구된다. 그리고 교사들도 그렇지만 아이들끼리도 몰랐던 새로운 점, 좋은 면을 갈 때마다 다시 발견하곤 한다. 물론 반대의 경우를 통해 친구들을 여러 가지 측면에서 다시 보게 되기도 한다.

사실 교과서 안에서보다 교과서 밖에서 배우는 것이 더 많다. 아니 배울 것이 더 많다. 학교 밖에서 하는 수업을 통해 창의적이고 진취적인 학생들로 키울 수 있는 공간, 우리가 직접 데리고 다니며 보여주고 깨닫게 할 공간들은 무수히 많다. 교사들에게 잡무나 쓸데없는 공문 처리 같은 것에 매달리게 하지 말고 사회의 여러 곳으로 아이들을 데리고 다니며 산 교육, 저희들이 직접 보고 느끼고 체험하면서 세상을 알아가게 하는 교육 계획을 세우는 데 시간을 더 투자하게 배려해야 한다.

덕산중학교 아이들은 학교 밖에서 하는 수업을 다녀오고 나서 두레별로 보고서를 써서 내는데 한 번에 A4용지로 스물다섯 장에서 서른 장 정도씩 해서 낸다. 한 두레가 대개 6명 내외 정도 되는데 보고서 작성 내용을 각자 나누어 자기들이 찍은 사진도 붙이고 소감도 쓰고 그림도 그려 넣어 예쁘게 꾸미고 주어진 과제를 해결하고 거기다가 인터넷에 들어가서 뽑아온 보충 자료까지 추가해 두툼한 보고서를 만들어낸다. 보고서를 읽을 때마다 참 대견하다는 생각이 든다. 교실에서 나 혼자 설명을 한 뒤 무얼 써내라고 하면 A4용지 반 장도 써내기 힘들어하는 아이들인데 말이다.

덕산중학교에서 다섯 해를 근무하는 동안 분과형 수업에서 통합 교과형 수업으로, 혼자 하는 공부에서 함께하는 두레별 협력 학습으로, 교사 한 사람이 가르치는 수업에서 팀 티칭으로 가르치는 수업으로, 학습 결과만을 평가하는 수업에서 학습 과정을 평가하는 수업으로, 교실 안에서 하는 수업에서 학교 밖에서 하는 수업으로 전환하고

자 노력했던 이 수업은 나도 함께했던 선생님들도 아이들도 모두 잊을 수 없는 수업이었다.

밤이여 오라,
종아 울려라

—

김
규
나

"교과서는 버리세요."

그녀가 첫 수업에서 지시한 과제는 교과서를 집어던지라는 것이었다. 아이들은 책상 위에 얌전히 올려놓은 교과서와 선생님의 얼굴을 번갈아 쳐다보았다.

"교과서를 안 가져오는 놈은 전쟁터에 총을 안 가져가는 것과 다르지 않다. 이 정신 빠진 녀석들아."

대부분의 선생님들이 그렇게 고함치며 몽둥이를 휘두르는 것에 우리는 너무나 익숙해 있었다. 교과서를 버린다는 것은 전통과 규율을 거부하는 것이며 그것은 기존의 상식과 기득권 세력에 대한 반란을 의미했다.

"저 선생님 머리가 어떻게 된 거 아니니?"

아이들은 관자놀이 옆에 손가락 하나를 빙빙 돌리며 저희들끼리 수군거렸다. 교과서가 없는 수업은 상상할 수도 없었지만 아이들은 또 다른 이유로 당황스러웠다. 외국의 패션 잡지를 오려 촌스러운 표지를 가리고 문방구에서 새로 산 비닐로 교과서를 포장하는 게 유행할 때였다. 교과서를 버리는 것은 밤새 잡지를 뒤적이며 금발의 파리지엔느가 마로니에 거리를 걷고 있거나 외국 브랜드의 청바지를 입은 근사한 엉덩이가 강조된 사진을 고르느라 들인 시간까지 포기해야 하는 것을 의미했다. 시간표를 잘못 챙겼거나 깜빡 잊고 가져오지 못해서 옆 반을 뛰어다니며 교과서를 빌려야 했던 아이들 역시 허탈한 건 마찬가지였다.

영화 「죽은 시인의 사회」가 만들어진 것은 내가 고등학교를 졸업하고도 한참 후였다. 키팅 선생님은 영어 첫 수업 시간에 『시의 이해』라는 책의 서문을 찢어버리라고 한다. 그는 학생들에게 '카르페디엠'을 속삭이고, 세상을 보는 시각은 달라질 수 있으며, 오로지 자신만의 속도와 발걸음으로 인생을 걸어야 한다고 가르친다. 극장에서 키팅 선생님을 처음 보았을 때, '캡틴, 오, 나의 캡틴.'을 중얼거리며 나는 불어 선생님과의 첫 만남을 떠올렸다.

선생님은 멋진 파리지엔이나 파리지엔느와는 거리가 멀어 보였다. 작고 마르고 그렇다고 많이 젊지도 않았다. 특히 눈썹은 당시 개그 프로에서 유행하던 순악질 여사의 일자 눈썹과 닮아서 희극적이진 않더라도 꽤나 강렬한 인상이었다. 봉주르, 교실에 들어서며 첫 인사를 건네던 목소리도 세상에서 가장 아름다운 언어로 꼽히는 프랑스어의 마시멜로 같은 억양과는 거리가 멀었다. 사실 선생님의 음성은 청양 고추처럼 맵고 토종 마늘처럼 톡 쏘았다. 그런데 조금의 주저함도 없이 교과서를 버리라는 선생님의 말이 나를 사로잡았다. 가슴이 두근거렸다.

이해될 수 없는 것들

학교는 산 중턱에 자리 잡고 있었다. 버스에서 내려 숨차게 뛰어가도 15분은 걸려야 교실에 들어갈 수 있었다. 알이 단단히 박힌 무 다리가 되어가는 건 모두 45도에 가까운 경사진 언덕 때문이라며 아이들은 높은 산 허리춤에 위치한 학교에 배정된 자신들의 운명을 원망했다. 그래도 교실에는 여학생들의 웃음과 재잘거리는 소리가 떠나지 않았다. 가끔 교실과 마주보이는 산길에 나타난 바바리맨이 깜짝 쇼를 보여주기도 했는데, 그럴 때면 찢어질 듯 고함을 지르면서도 아이들은 창가로 모여들었다. 아이들은 전영록과 조용필에 열광하는 두 그룹으로 나뉘었고 비틀즈와 아바를 듣는 아이들은 좀 더 우월감을 드러내기도 했다. 교회나 미팅에서 만난 남학생에 대한 비밀스러운 속삭임도 귀에서 귀로 나비처럼 날아다니곤 했다.

학교에서 가장 인기 있는 선생님은 단연 미술 선생님이었다. 순환 발령 없이 수십 년 근속할 수 있는 사립학교였던 모교에서 선생님들의 평균 연령은 아마도 사십대 중반 이상이었을 것이다. 그런데 잘생긴 미술 선생님이 대학을 갓 졸업하고 새로 부임해온 것이었다. 얌전하고 수줍어할 것만 같은 여학생들의 호기심은 집단으로 뭉칠 때 매우 발칙하고 대범해지기 마련이다. 한 번은 몇몇 아이들이 선생님에게 장난을 치려고 모의를 했다. 반에서 자타가 인정하는 가장 예쁜 아이가 앞자리 아이와 자리를 바꾸어 앉았다.

"선생님, 제 눈에 뭐가 들어갔나봐요."

선생님의 코앞에 앉은 아이는 수업 시간에 그의 시선을 끄는 데 성공했다. 선생님이 허리를 굽혀 그 아이의 눈을 들여다보는 순간, 그의 얼굴이 새빨개졌다. 'I Love You'라고 사인펜으로 써놓은 양쪽 눈꺼풀을 천천히 깜빡거리던 아이가 그 예쁜 눈으로 선생님을 향해 윙크를 한 것이었다. 아이들은 일제히 꺄악, 소리를 지르고 책상을 두드리고 발을 굴러 한바탕 소란을 피웠다. 미술 선생님은 어쩔 줄 몰라 했고 그 후 한 학기 내내 아이들과 눈을 맞추지 못해 교실 뒤의 흰 벽을 쳐다보며 수업을 해야 했다.

나는 그 모든 것들이 재미없었다. 가수와 선생님과 남학생이 사랑의 대상이 될 수 있는 것도 이해되지 않았다. 관심의 상대가 놀림의 대상이 될 수도 있다는 것 역시 혐오스러울 뿐이었다. 닿을 수 있는 존재에 대한 흠모는 내게 우습고 유치한 감정이었다. 사랑이란 것은 닿을 수 없어서 늘 비참하고 괴로운 것이며 그래서 더 아름다운 것이었다. 가슴 깊이 아무도 몰래 키워가는 것이 사랑이라는 생각을 하게 만든 건 물론 어설프게 읽은 책들 때문이었다. 나는 소설 한 권을 읽으면 푹 빠져서 한참이나 세상 밖으로 나가지 못했다. 내가 살고 있는 세계와 멀리 격리되어 있다는 것을 인식하기 시작했고 오직 보이지 않는 것들과의 교감만 가능하다고 믿고 있었다.

세상은 어두운 무덤 같은 것

대통령이 시해당하고 계엄령이 선포되고 군사정부가 집권하던 세상이었다. 사회는 냉동 창고에서 오랜 기간 서서히 냉동되어온 생선들처럼 차갑고 단단하게 경직되어 있었다. 학교도 시대의 바람을 피하진 못했다. 민주주의를 흉내 내느라 두발과 교복 자율화가 이루어지긴 했다. 하지만 애국가가 울려 퍼지면 길을 가다가도 멈춰 서서 '국기에 대한 맹세'를 외우는 것이 모든 사람들의 몸에 배어버린 시절이었다. 소수의 특정 계급을 제외하곤 누구도 진실을 말하지 못했고 어떤 이도 진정으로 행복할 수 없었다.

나에게 세상은 거대한 무덤이었다. 물론 정치적인 이유 때문은 아니었다. 모순은 존재하되 그것의 정체가 무엇인지 명확히 알 수 없던 내게 닥쳐온 시련은 매우 현실적이고 훨씬 가까운 데서 벌어지고 있었다. 아버지의 사업이 무너진 것이다. 정원과 연못이 있는 커다란 2층집에서 살던 우리 가족은 내가 고등학교에 입학하기 몇 달 전 소달구지가 다니는 변두리 외곽으로 쫓겨 가듯 이사를 했다. 그나마 아버지는 충청도 어느 산골에서 움막 생활을 하며 채권자들을 피해 숨어 살아야 했다.

나는 사춘기라는 혼돈의 터널을 통과하는 중이었다. 카오스의 세계가 어느 순간 어둠과 빛으로 나뉘고 창조의 시간으로 바뀌듯 이성과 감성의 혼재를 비로소 인식하며 각각의 생명력을 키워가야 할 때였지만 그럴 기미는 조금도 보이지 않았다. 밝은 빛 속을 달리다가 터널 속으로 빨려 들어가는 찰나의 암흑, 나는 그곳에 갇혀 빛을 향해 나아가지도 못하고 어둠에 익숙해지지도 못했다. 그 어둠 속을 내 어린 영혼은 유령처럼 떠다녔다. 다음 분기 수업료를 낼 수 있을지, 수학여행을 갈 수 있을지도 알 수 없었으므로 대학은 꿈도 꿀 수 없었다. 어떻게든 공부해서 성공하겠다는 야망을 불태울 만큼 나는 영악하지도 못했다. 학업에 관심이 있을 리 없었다. 친구를 사귀는 것도 심드렁했고 사랑에 대한 환상도 없었다. 삶이 재미있지도 않았고 살아야 할 목적도 찾을 수 없었다.

3년 내내 친하게 지낸 친구가 한 명 있긴 했다. 나의 적극성 때문이 아니라 그 아이의 천성적 보호 본능 때문이었다. 그애는 까무잡잡

하고 콧날이 오뚝하고 눈이 컸는데 공부도 꽤 잘하고 야무졌다. 반이 달라졌어도 세심하게 나를 잘 챙겨주었던 그애는 독실한 크리스천이었고 언제나 나를 위해 기도하고 있다고 했다. 고등학교 졸업을 앞두고 그애와 내가 하릴없이 시내를 돌아다닌 적이 있었다. 크리스마스 장식이 눈부신 거리였다. 배가 고파진 우리들은 패스트푸드점에 들어가서 콜라와 햄버거를 하나씩 먹었다. 그애가 내게 어떤 이야기를 들려주었을 때였다. 내가 깔깔 웃었던 것 같다.

순간 햄버거를 먹던 친구의 표정이 스톱 스위치를 누른 것처럼 딱 굳어버렸다. 커다란 눈이 두 배는 더 확대되었다. 무슨 실수를 했나 싶어서 어리둥절해진 내가 왜 그러느냐고 물었다. 친구는 잠시 머뭇거리더니 내 여고 시절을 한마디로 정의하듯 대답했다.

"너 소리 내서 웃는 거 처음 봐."

전혀 새로운 수업

불어 수업 시간마다 선생님은 프린트물을 한두 장씩 나눠주었다. 8절지 프린트 한쪽에는 일목요연하게 새로운 단어가 정리되어 있을 뿐 나머지는 온통 만화책처럼 칸칸이 그림이 그려져 있었다. 인물들의 대사가 있어야 할 부분엔 말풍선이 남겨져 있었다. 스위스에서 사용하는 초등학교 불어 교과서 복사본이라고 했다. 선생님은 문법을 내세워 설명하지 않았다. 카세트테이프를 여러 번 들려주고 어떻게 들렸는지 아이들에게 하나하나 발음해보도록 했다. 반복해서 따라 말하게 하고 발음을 교정해주고 문장을 완성시켰다. 그리고 마지막에 말풍선을 채우도록 했다.

수업이 끝날 즈음에는 샹송을 하나씩 들려주었다. 듣기 연습과 말하기. 단어 습득과 연음법칙은 물론 흥미 유발에 효과적이기 때문이었을 것이다. 지금도 불어의 단어나 문장을 기억하지는 못해도 라디오에서 이브 몽땅의 '고엽(Les feuilles mortes)'이나 조르주 무스타키의 '나의 고독(Ma solitude)' 같은 노래들이 흘러나올 때 어설프게 따라 흥얼거릴 수 있는 것은 오래전 불어 수업이 내게 남긴 유물들이다.

이 모든 것은 대학 입시와는 관계없는 과목이었기 때문에 가능했다. 그런 방식의 수업 덕분에 프랑스어를 배우는 게 수월했다거나 내 불어 성적이 좋았다는 것도 아니다. 하지만 선생님의 수업 방식은 기존의 어떤 교수법과도 달랐다. 훗날 10여 년간 교단에서 영어를 가르치게 되었을 때 내 수업 방식은 상당 부분 선생님에게서 영향받은 것이었다.

끝나지 않을 어둠 속에서도 곧 새벽을 깨우는
종소리가 들려올 거라는 희망도 놓지 않는다.
세상 모두가 서로의 어깨를 두드려주며 누군가의
가슴에 작은 씨앗 하나 토닥토닥 심어줄 수 있는
온기가 사라지지 않는 한, 그래서 꿈꿀 수 있는 한.
밤이여 오라 종아 울려라.

미라보 다리 아래 센 강은 흐르고

랭보나 장 콕토 등 프랑스 문학에 대해 귀동냥을 하게 된 것도 그녀를 통해서였다. 선생님이 아폴리네르의 「미라보 다리에서」를 원문으로 읽고 해석해주던 날, 나는 집에 와서 몇 번이나 소리 내어 그 시를 읽었다. '미라보'라는 발음이 얼마나 달콤한지 혀끝에서 떼고 싶지 않았다.

미라보 다리 아래 센 강은 흐르고
우리들 사랑도 흘러간다
내 마음속 깊이 기억하리
기쁨은 언제나 고통 뒤에 오는 것을
밤이여 오라 종아 울려라
세월은 흐르고 나는 머문다

새로 이사한 집에서 학교까지 다니려면 버스를 두 번 갈아타고도 거의 두 시간이나 소요되었다. 가까운 학교로 전학하지 않은 건 순전히 내 고집 때문이었다. 친한 친구와 헤어지기 싫어서도 아니었고 좋아하는 선생님이 있었던 것도 아니었다. 당시 내 그리움의 대상은 언제나 멀리 혼자 계실 아버지였다. 아버지는 쉽게 일어서지 못했고 가끔 편지로 가족들의 안부를 안타깝게 물어올 뿐이었다. 나는 내가 그리움을 알기 전, 모든 것이 무너지기 전의 것을 하나라도 지키고 싶었는지도 모른다. 그것이 내겐 아마도 학교였을 것이다. 고등학교와 같은 재단에 속해 있는 중학교에 다녔던 나에게 교정은 모든 것이 사라지기 전의 시간을 기억하고 있는 유일한 잔재였다. 매일 아침 교문에 들어서는 것은 아팠다. 그 쓰라림만이 모든 것이 멀쩡했던 과거로 나를 되돌려놓았다.

> 사랑은 흘러간다 흐르는 강물처럼
> 우리들 사랑도 흘러간다
> 인생은 얼마나 지루하고
> 희망은 얼마나 격렬한가
> 밤이여 오라 종아 울려라
> 세월은 흐르고 나는 머문다

이른 새벽 학교로 향하는 버스를 타고 떠났다가 늦은 밤 집으로 돌아오는 길은 무덤과 과거를 오가는 여행이었다. 그 길 한가운데 한강이 흘렀다. 동쪽에서 떠오르던 환한 햇살이 강물 위에서 눈부시게 반짝일 때에도, 도심의 화려한 네온 불빛이 물결 위에서 흔들릴 때에도 나는 과거에 남아 있을 뿐, 격렬한 희망 따위는 찾지 못했다. 종종 뜨거운 것들이 엉긴 핏덩이처럼 울컥울컥 끓어올라도 그것이 토해내야 하는 것인 줄 모를 때였다. 오히려 뱉어내지 않으려고 목울대가 뻣뻣하도록 목구멍 깊숙이 삼켜 넣었다. 나는 한강을 가로지르며 한 번도 가본 적 없는 미라보 다리를 상상했다. 버스 창가에 기대 앉아 검푸른 한강이 물결치는 것을 바라보며 '밤이여 오라 종아 울려라'를 속으로 조용히 외치면, 그 순간만큼은 어쩐지 살고 싶어졌다.

마흔네 번이나 해 지는 걸 바라보던 어린 왕자에게

하루는 선생님이 생텍쥐페리의 『어린 왕자』를 읽어주었다. 알아들을 수는 없었지만 여우와 어린 왕자가 만나는 장면을 선생님이 프랑스어로 읽어주던 오후, 밀밭에서 불어온 황금빛 바람이 교실 창 안으로 들어와 내 머릿결을 부드럽게 쓰다듬었다. 수업 종이 치는 동시에 선생님이 말했다.

"『어린 왕자』를 읽고 감상문 써오는 게 숙제야. 물론 우리말로. 다들 알았지?"

아이들은 하앙, 한숨을 내쉬었다. 하지만 나는 중학교 때, 내가 행복하던 시절에 만났던 어린 왕자를 다시 만난다는 것에 가슴이 설렜다.

숙제를 제출하고 그다음 시간이었다. 수업이 끝날 즈음 선생님은 제출된 감상문 중 하나를 모두에게 읽어주고 싶다고 했다. 선생님은 원고지를 손에 들고 아이들 앞에서 조용조용 읽기 시작했다. 내가 어린 왕자에게 보낸 편지였다. 아이들은 가만히 귀 기울였다. 나는 얼굴이 화끈거려서 고개를 숙이고 앉아 있었다.

지금 생각하건대 그다지 잘 쓴 글은 아니었을 것이다. 그때 내가 어린 왕자에게 편지를 쓸 수밖에 없었던 것은 하루에 마흔네 번이나 해 지는 것을 바라보던 그의 외로움이 너무 생생하게 와 닿았기 때문이었다. 외로움은 당시에 내가 세상을 이해하는 유일한 코드였다. 아이들은 박수를 쳐주었고 선생님은 내게 아낌없는 칭찬을 해주었다. 그것이 내가 학창 시절에 글을 써서 받은 유일한 격려였다. 돌이켜 보면 그때, 씨앗 하나가 황량한 사막 한가운데 버려진 나에게 날아온 순간이었다. 선생님이 내 어깨를 두드려주는 순간, 작은 씨앗이 선생님의 따뜻한 손에 의해 토닥토닥 내 마음 안에 심어지고 있었다.

밤이여 오라 종아 울려라

한 학년의 마지막 수업이 있던 날이었다. 선생님은 백지 한 장씩을 꺼내라고 한 뒤 거기에 자신의 사후 묘비명을 적어보라고 했다. 아이들은 신기해하면서도 두려워했다. 참 이상한 선생님이라고 불평하는 아이도 있었다. 묘비는 죽음 이후 남겨질 자신의 뒷모습이다. 만 열여섯 살 소녀에게 그것은 너무 멀고 비현실적인 미래였다. 나 역시 죽음을 생각해보지 않은 것은 아니었지만 죽음이 끝이었을 뿐, 무엇으로 남겨질지에 대해서는 생각해본 적이 없었다.

나는 당황했고 한참을 고민했다. 재주 많은 아이들이 멋지게 묘비를 디자인하고 글을 쓰는 동안에도 나는 아무것도 하지 못했다. 선생님은 아이들이 쓴 묘비를 따로 검사하거나 평가하지 않았다. 몇몇 아이들의 그림과 글을 슬쩍 보기만 할 뿐 어떤 코멘트도 하지 않고 종이 울리자 인사를 하고 교실을 나갔다. 나는 아이들이 매점으로 뛰어나간 후에도 책상 앞에 앉아 있었다. 마침내 백지 위에 비석을 세우고 지금은 기억나지 않는 글을 써 넣은 뒤 무언가를 그리기 시작했다. 그것은 순간 떠오른 엉뚱한 공상인 동시에 처음으로 품어본 꿈이었다. 묘비 앞에 그려진 것은 몇 권의 책이었다. 그 책들의 저자는 바로 나, 자신이었다.

지금도 가끔 한강을 바라볼 때면 꿈꾸는 일조차 힘겨웠던 날들이 떠오른다. 그러나 강물이 지쳐 흐르는 것을 중단한 일은 한 번도 없다. 나는 비로소 한 발도 뗄 수 없이 캄캄한 밤에도 어느 별에선가는 어린 왕자와 그의 장미가 나누고 있을 사랑을 믿는다. 끝나지 않을 어둠 속에서도 곧 새벽을 깨우는 종소리가 들려올 거라는 희망도 놓지 않는다. 세상 모두가 서로의 어깨를 두드려주며 누군가의 가슴에 작은 씨앗 하나 토닥토닥 심어줄 수 있는 온기가 사라지지 않는 한, 그래서 꿈꿀 수 있는 한.

밤이여 오라 종아 울려라.

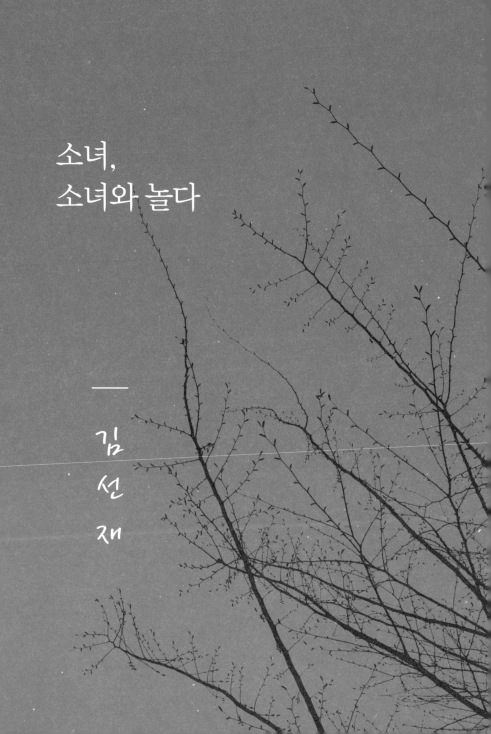

소녀,
소녀와 놀다

———

김
선
재

돌이켜보면 그건 무모한 짓이었다.

그때 나는 적막한 바다 곳곳에 치명적인 조류와 암초가 숨어 있는 걸 모르고 날뛰는 풋내기 어부와 비슷했다. 반짝거리는 추와 그물, 통통한 미끼만 있다면 아무것도 문제될 것이 없어 보였다. 배멀미는 얼마든지 견딜 수 있다고 생각했다. 나를 사랑하지 않는 사람들과 지내느니 차라리 그 편이 나았다. 이곳만 아니라면 어디라도 상관없다고 생각했다.

너는 오랫동안 앉아 있었다.

그때 장마철의 시외버스터미널 대합실은 물비린내로 끈적거렸고 대기는 오고가는 사람들의 체온이 한데 섞여 시큼했다. 두통이 있기는 했지만 그리 대수롭지 않게 여겼던 건 처음으로 군중 속의 고독을 체험하느라 긴장하던 참이었기 때문일 테다. 왔던 길을 되돌아가고 싶은 생각은 하지 않았을 거다. 특별한 계기가 있어 길을 나섰던 건 아니었다. 다만 너는 혈연으로 엮인 인연들이 무형의 폭력을 휘두르는 것을 더 이상 참을 수가 없었다. 그건 한때의 반짝이는 치기 가득한 반항이었겠지만 그 순간만큼은 진지했고 절실했다. 아무도 너를 너로 봐주지 않는 걸 참지 못하는 것, 그건 그때나 지금이나 '너'라는 유기체가 가진 고질적인 문제다. 근본적인 문제 해결 능력이 없었던 너는 가출이라는 극단적 방법을 선택했다. 갈 곳을 미리 정해놓았던 건 아니었으므로 아무 생각 없이 바람이 내민 손을 덥석 잡았다. 홀씨처럼 가볍고 외롭다고 느꼈겠다.

그날 한 무리의 이방인들이 낯익은 방언을 쏟아내며 네 곁을 스쳐 지나갔을 때 너는 몸 안 어디선가 물결이 찰랑거리는 소리를 들었다. 아마 짠 내를 맡았다는 생각도 들었겠지. 무겁고 답답하던 마음에 알 수 없는 반가움과 그리움이 깃들기 시작했다. 그래서 넌 충동적으로 남쪽으로 가기로 결심했다. 딱히 바다가 보고 싶었다기보다는 집 밖의 어떤 인연이라도 붙잡고 싶은 마음이 더 강했을 거다. 가출이 낭만적 모험과는 다르다는 걸 너는 알고 있었다. 다만 너는 너의 미래를 마음대로 결정하려고 하는 사람들이 자신의 잘못을 깨닫기를 바랐다. 그러므로 목적지가 어디든 상관없었다.

너는 방언에 이끌리듯 자리에서 일어났다. 그건 아마 순간적 충동이었다기보다는 DNA를 타고 내려온 선험적 기억 같은 것이 아니었을까. 중세 가문들이 지녔던 고유한 인장처럼 말이다. 그렇지 않고서야 멀리 갈 생각이 없었던 네가 여기에서 가장 먼 도시로 가는 차표를 샀을 리가 없지. 으슬으슬 몸이 떨려오는 것도, 자신이 미열로 한껏 들뜨기 시작하는 줄도 모르고 길 위의 시간을 견뎌낼 수 있었던 건 네 몸속 어딘가 바다가 출렁거리고 있었기 때문인지도 모른다. 너는 아무것도 모른 채 꿈인 듯 생시인 듯 그곳으로 갔다. 거기는 서류 어디에도 기록되지 않았지만 실은 너의 조상들이 살고 죽고 네가 잉태되었던 선험적 고향 같은 곳이었다. 너는 훗날 그렇게 중얼거렸겠다. 미리 그렇게 되기로 예정된 일들 중 하나임에 분명했다고.

밤이었다. 남쪽의 밤은 해풍으로 스산했다. 너는 또 버스터미널 대합실에 한참 앉아 있었다. 준비 없는 여행이 대개 그렇듯 도착하고서야 수중에 돈이 별로 없다는 사실을 깨달았다. 게다가 배가 고팠고 온몸이 쑤셨다. 돌아갈까, 몇 번 그런 생각을 했겠다. 그러나 그렇게 돌아가기에는 너무 늦은 시간이었다. 너는 어느덧 버스가 끊긴 대합실에 앉아 다짐했다. 비록 통쾌한 사과까지는 아니더라도, 네가 떠나온 사람들에게 반성의 시간을 줘야 한다고 말이다.

어디로 가야 할까.

너는 두 개의 낮과 한 개의 밤을 지나며 두어 번쯤 스스로에게 물었다. 그건 누구도 대답할 수 없는 어려운 질문이었으며, 동시에 테베의 길목을 지키는 스핑크스가 낸 수수께끼처럼 인생을 지나기 위해 반드시 풀어야 하는 질문이기도 했다. 을씨년스러운 역전 풍경을 바라보며 너는 집에서 너무 멀리까지 와버렸다는 실감을 하기 시작했다. 기분 나쁜 빛깔의 네온사인들이 번쩍거렸고 물기 배인 지상의 도로들은 끈적거리는 오물을 덫처럼 쳐놓고 먹이를 기다렸다. 갈 곳 없는 사람들은 술병을 들고 대합실로 모여들었고 버스에서 내린 사람들은 바삐 집으로 돌아갔다. 그곳은 오래 앉아 있을 수 있는 곳이 아니라는 걸 너는 오래지 않아 깨달았다. 돌아갈 수 없다면 빨리 안전한 곳으로 몸을 피해야 했다. 그래서 너는 다시 무작정 낯선 도시를 순환하는 버스에 올랐다. 갈 곳을 정한 것은 아니었지만 또다시 그곳에서 멀어져야 했다.

버스는 낯선 풍경을 끌고 높은 곳으로 자꾸 올라갔다. 그때는 몰랐지만 그건 네가 처음 대하게 된 산복도로였다. 너는 되풀이해서 노선표를 읽었다. 그러나 네게 익숙한 정류장이 있을 리 없었다. 창밖을 바라보며 오래 길을 따라갔다. 버스가 털털거리며 산 중턱을 감을 때마다 불빛이 조금씩 멀어지고 있다고 느꼈다. 너는 점점 어둡고 낮아지는 풍경에 겁이 나기 시작했다. 집에서 멀어졌다는 사실에 지상으로부터 멀어진다는 느낌까지 더해졌기 때문이었다. 띄엄띄엄 불을 켠 마을들이 자꾸 발밑으로 가라앉고 있는 것 같았다. 어쩌면 여기가 바다 속이 아닌가 하는 착각까지 들 정도였으니 말이다. 그렇다면 너는 가라앉지 않기 위해 안간힘을 써야 했다. 긴 여정에 피로하고 미열로 간질거리는 팔과 다리를 힘차게 내저어 수면 위로 떠올라야 했다. 인생이 영화처럼 다채롭거나 우연이 남발하는 공간이 아니라는 것쯤은 아는 나이였지만 그때 너는 지푸라기라도 잡는 심정이었을 거다.

이윽고 하염없이 낮아지는 집들과 교회의 먼 십자가들을 바라보다가 너는 버스에서 내렸다. 영화 같은 일은 일어나지 않겠지만, 적어도 안전은 보장될 거라 예상되는 장소가 떠올랐던 거였다. 네가 떠올렸던 건 오래된 영화의 한 장면이었다. 제단에서 내려와 무릎 꿇고 자신의 발치에 엎드려 우는 주인공의 눈물을 닦아주며 같이 울어주던 자비로운 흰 대리석의 성상을 떠올렸겠지. 네가 살던 도시에서도 가장 번화한 곳에 위치한 그 신성한 종교에 기대보기로 한 것이었다. 스스로가 해결할 수 없는 문제에 부딪칠 때 절대자의 처마를 찾는 건 당연한 일이라 생각했다. 종교는 오래 참고 성내지 않고 너그러운 것이니 너를 지켜줄 거라는 단순하고 강렬한 믿음이 부지불식간에 생긴 거였다. 드라마의 주인공들도 별안간 성당을 찾아가 죄를 빌거나 소원을 빌지 않았던가. 그곳에서 갑자기 기적처럼 옛사랑을 만나고 다시 반짝이는 사랑을 맹세하지 않았던가. 너는 그렇게 생각하며 어디 있는지 모를 성당을 찾아 걸었다. 절대자는 우리로부터 멀지 않은 곳에 계시다 믿으며 걸었다. 가끔 가족들을 떠올리기도 했었다.

너는 알고 있었다.

초등학교에 입학하지 않은 세상 물정 모르는 막내를 제외한 가족들 모두가 분명히 너를 걱정할 거라는 사실을. 너는 몰랐다. 초등학교에 입학하지도 않은 막내를 혼자 집에 남겨두고 가족들이 밤늦게까지 너를 찾아 온 동네를 돌아다녔다는 것을. 학교와 파출소와 같은 반 친구들의 집을 찾아다니며 너의 행방을 걱정했다는 것을. 너는 알고 싶지 않았다. 사랑은 언제나 개별적인 방식으로 표현되고 은폐된다는 것을. 너는 아무것도 알고 싶지 않아 집을 나온 거였을지도 몰랐다. 입술이 바싹바싹 타는 것을 느꼈을 뿐이었다. 머릿속이 뜨거워지고 있어서 차라리 다행이라고 생각했을 뿐이었다. 아무 생각도 하지 않고 오직 성당만을 찾아 걸을 수 있어서 다행이라고 생각했을 뿐이었다. 침을 삼키기가 어려워지는 이유는 찾을 수 없었다. 그저 원인이나 결과 따위와 상관없는 근본적인 슬픔만이 너를 겨우 지탱하고 있었다. 그리고 너는 허기조차 느끼지 못할 만큼 피곤했다.

산복도로를 되돌아 내려와 다시 지상에 가까워졌을 무렵, 너는 마침내 성당을 발견했다. 아니, 노랫소리가 너를 성당으로 이끌었다. 그 소리에 이끌려 성당을 향하던 너는 네가 여태껏 갖고 있던 우울함이나 슬픔과는 다른 종류의 감정이 가슴속에 깃드는 것을 느꼈다. 어두운 동네의 침묵 속에 낮게 퍼지는 노래는 네가 알고 있던 일반적인 예배 음악과는 조금 달랐다. 너는 왠지 돌아온 탕아처럼 북받치는 눈물을 참으며 성당 안으로 들어갔다.

그 어떤 종교도 가져보지 못한 너였지만 그날, 성당 안의 사람들이 단순히 미사를 위해 모인 사람들이 아니라는 걸 금방 알아차렸다. 어느 누구도 네가 성당 입구에 서 있는 것을 이상하게 쳐다보지 않았다. 그들 중 더러는 울고 있었고 또 더러는 우는 사람을 위로했고 나머지 사람들은 한쪽에 모여 앉아 기도를 하는 중이었다. 그때까지 너는 한 번도 죽음을 가까이서 목도한 적은 없었지만, 그곳에서 일어나고 있는 일이 어떤 종류의 일인지 직감적으로 알 수 있었다. 그 밤, 어느 도시의 작은 동네 성당에서는 장례식이 한창이었던 거였다. 그리고 부석부석한 얼굴을 한 여자가 너에게 다가왔다.

밑도 끝도 없이 친구냐고 물었다.

너는 부정도 긍정도 하지 못하고 서 있었다. 피로한 행색에 충혈된 눈동자, 두려움이 깃든 표정의 네가 어떻게 보일지 생각해보지 않았으나 너는 그녀가 생각하는 대로 내버려두었다. 뿐만 아니라 너는 잠시 자신이 누구의 친구가 되어야 하는지에 대해 고민을 하기까지 했다. 그녀는 더 이상 묻지 않고 너를 영정 앞으로 인도했다. 고인에 대한 예법을 익히지 못한 너는 몹시 당혹스러웠겠다. 그러나 거절할 도리는 없었다.

머리카락이 쭈뼛 서도록 너는 긴장했다. 어떻게든 상황을 잘 모면해서 그곳을 빠져나가고 싶었다. 그러나 그곳에 모인 사람들은 영정 앞에 선 너를 보자 한층 더 크게 울기 시작했다. 믿을 수 없었지만 너도 따라 울음이 터졌다. 돌이켜 생각해보면 그건 네 개인적인 슬픔 때문이라기보다는 그들의 슬픔이 전이된 탓이었던 모양이다. 울던 무리 속에서 저 어린 걸 어떻게 보내느냐는 통곡이 터져 나왔다.

너는 울면서 영정 사진을 바로 보았다. 어린 소녀가 사진 속에서 웃고 있었다. 그때까지 노인이나 나이 많은 어른의 장례식일 거라 생각했던 너는 가슴이 서늘해지는 걸 느꼈을 거다. 그때까지 죽음은 한참을 살아낸 다음에야 오는 거라 생각했었다. 그래서 꽃 같은 나이에도 죽음과 맞닥뜨릴 수 있다는 걸 마치 처음으로 알게 된 사람처럼 너는 충격에 빠졌다.

그런 너를 미심쩍은 눈초리로 바라보는 사람은 없었다. 어린 죽음 앞에 선 사람들은 순결하고 근본적인 슬픔 이외에는 아무것도 생각할 수 없는 모양이었다. 그 전이된 슬픔의 힘으로 너와 사람들은 다시 한참을 울었다. 그때 너는 끝내 그 죽음의 이유에 대해서는 아무에게도 묻지 못했다. 슬픔이 부여한 결속력 탓이었을까, 모두들 우는 것 이외에는 말을 아꼈다. 그 와중에도 가슴을 쥐어뜯으며 우는 망자의 부모들 모습 위에 네 가족들의 모습을 오버랩시킨 건 그때까지도 네가 사소하고 감상적인 복수극을 꿈꾸고 있었기 때문일 거다. 조숙한 척, 세상의 모든 고민을 혼자 짊어진 척하며 살았지만 너는 여전히 치기 어린 사춘기를 지나는 이기적인 계집아이였을 뿐이었다.

어느 정도 시간이 지나 누군가가 너에게 밥은 먹었냐고 물어왔다. 너는 고개를 저었다. 차가운 절편과 미지근한 탕과 밥이 네 앞에 차려졌을 때, 너는 불현듯 집이 그리워지기 시작했다. 이미 배고픔은 여러 고비를 지나간 후였고 입 안은 거친 솜뭉치를 쑤셔 넣은 듯 뻑뻑하게 말라 있었다.

산 사람은 어떻게든 살아야 한다고 다짐처럼 중얼거리던 목소리가 망설이고 앉아 있는 네게 숟가락을 쥐어주었다. 따뜻하고 왁자지껄한 네가 살던 곳이 다시 그리워진 건 당연한 일이었을 거다. 산 사람은 어떤 순간에도 배고픔을 오래 잊어버릴 수 없고 익숙함을 향해 더듬이를 뻗기 마련이니까.

그날의 낯선 밥을 네가 다 먹었는지는 기억나지 않았다. 네가 기억하는 건 그 후로도 한참 그곳을 떠나지 못했다는 것과 새벽녘 소녀의 엄마가 네게 건넨 말이었다. 퉁퉁 부은 낯빛의 그녀가 꺼져가는 목소리로 네게 말했다. 와줘서 고맙다고. 그러나 이제 그만 돌아가라고. 그 말끝에 소녀의 엄마는 네 손에 차비를 쥐어주었다. 그러나 철없는 너도 그 돈을 차마 받을 수는 없었다. 너는 다시 울었다. 어쩌면 영영 돌아가지 못할지도 모른다는 생각 때문이었다. 살아서도, 죽어서도 이전으로 돌아갈 수 없는 건 마찬가지였다. 어디로 가야 할지도 보이지 않았다. 그녀가 울음 섞인 목소리로 다시 말했다. 열심히 살아서 효도하라고, 와줘서 고맙다고.

어쩌면 그들은 알고 있었는지도 모른다. 네 말투가 그들의 그것과 확연히 달랐으니까. 그래서 밤이 새도록 돌아가지 않는 너를 그냥 내버려둔 것이었을지도 모른다. 또 한편 어쩌면 그들은 믿고 싶었는지도 모른다. 네가 그 죽음을 알고 찾아온 먼 곳의 손님이기를. 그 낯선 손님에게 딸의 죽음이 오래 기억되기를. 그러나 그들이 한 말이라고는 고작해야 살라는 말뿐이었다. 너는 여러 해가 지나 열심히 살라는 말이 삶에서 가장 중요한 말이고 유일한 해답이라는 걸 알았을 거다. 너는 그때 여기로부터 가장 먼 남쪽 도시, 낯선 처마 밑에서 그 해답을 구해온 거였다.

너는 돌아가기로 결심했다.

네 앞에 산재한 여러 문제들이 죽음 앞에서는 그리 큰 일이 아니었음을 알게 되었다. 너는 갑자기 맹렬한 삶에 대한 욕구를 느꼈다. 도저히 허공을 향해 몸을 던질 만큼 스스로를 괴롭히고 가족들을 괴롭힐 자신이 네겐 없었다. 그리고 소녀의 엄마가 억지로 쥐어준 차비를 차마 딴 곳에 쓸 염치가 없어서 다행이었다. 그 돈은 너와 아무 상관 없는, 슬픔에 몸조차 제대로 가누지 못하는 사람이 집으로 돌아가라고 쥐어준 돈이었다.

푸르스름한 새벽녘, 딸깍거리며 떨어지는 동전 소리를 들으며 너는 그리운 사람에게 전화를 걸었다. 신호음이 들리기가 무섭게 네 이름을 부르는 목소리가 들려왔다. 너는 울음을 터뜨렸다. 까마득한 거리 너머에서 너를 걱정하는 목소리를 확인한 순간 터진 안도의 울음이었다. 너는 충분히 사랑받고, 사랑하고 있었다는 사실을 아주 멀리 가서야 깨달았던 거다.

　그 밤은 너에게 백년보다 긴 밤이었다. 또한 네 가족들에게도 천년만큼 긴 밤이었다는 사실을 한참이 지난 후에야 알게 될 테지. 돌아온 날부터 여러 날 앓아누웠던 너는 밤마다 조금씩 자라는 소녀의 꿈을 꾸었다. 꿈이 그랬던 것처럼 그 즈음의 너 또한 부쩍 자랐다.

　1박 2일 동안의 짧은 가출이었다.
　사실 가출이라고 말하기에는 멋쩍은 감이 없지 않았다. 바다를 향해 갔지만 바다조차 보지 못하고 돌아온 잠시 동안의 외출이었다. 훗날 놀리듯 네 가족들은 외출 같은 그 가출에 대해 물었고 너는 한 번도 그 하룻밤에 대해 털어놓지 않았다. 그 기간 동안 네가 안고 있던 실존적 문제와 자세가 어땠는지 털어놓기가 부끄러웠기 때문이었다. 무엇보다도 너는 어떤 죽음과 마주한 스스로의 자세가 그리 떳떳한 모양새가 아니었다는 걸 알고 있었다. 의도하지는 않았지만 어떤 경건한 죽음에 네 슬픔을 슬쩍 기댄 꼴이었다는 걸 너는 오랫동안 부끄러워했다.

다시 누군가가 그 외출에 대해 묻는다면, 너는 오랫동안 네 꿈속에 등장하던 한 소녀에 대해 얘기할 것이다. 그 소녀와 소녀가 오랫동안 놀았다는 얘기도 해줄 것이다. 그리고 부끄러움을 배웠던 시간이었다고 담담히 고백할 것이다.

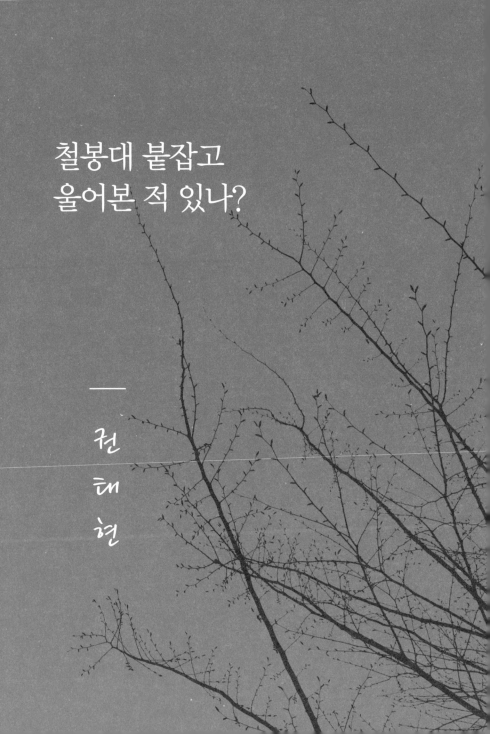

철봉대 붙잡고
울어본 적 있나?

―

권
태
현

우리는 늘 배운다. 계획을 세워서 배우기도 하고 느닷없이 배우기도 한다. 사람들 속에서도 배우고 여행을 하면서도 배운다. 배울 때마다 알게 된 내용을 일일이 확인하는 경우도 있지만 뒤늦게 그 성과가 나타날 때도 있다. 그중 어떤 배움은 한 차례로 끝나는 게 아니라 중요한 고비마다 계속 영향을 미친다.

지금도 나는 중학교 2학년 때의 그 수업을 잊지 못한다. 하지만 나는 그 수업을 오랫동안 잊고 있었다. 심지어 수업을 받을 당시에는 내가 무엇을 배웠는지도 몰랐다. 단지 선생님의 따분한 잔소리를 들었다고 생각했을 뿐이다. 그리고 그 일은 내 기억의 깊은 지층 속에 묻혀버리고 말았다. 까마득하게 잊고 있던 그 수업이 다시 떠오른 건 그 일이 있은 지 십수년이 지난 다음이었다.

그날의 수업을 이야기하기 전에 먼저 밝히고 넘어가야 할 사실이 있다. 나와 내 친구들은 중학교에 들어갈 때 시험을 보지 않았다. 추첨을 통해서 학교 배정을 받은 뺑뺑이 세대였던 것이다. 중학교 평준화가 시작된 건 입시 과열을 막아서 어린 학생들을 보호하려는 데 목적이 있었다. 하지만 그 일은 또 다른 부작용을 낳고 있었다.

시험을 보지 않고 추첨으로 중학교에 갈 수 있다는 걸 알게 된 우리는 무턱대고 좋아했다. 그리고 뺑뺑이를 돌려서 정해지는 중학교로 진학을 했다. 내가 가게 된 학교는 인천남중이었다. 그 당시에 인천에서 제일 명문으로 쳐주는 남자 중학교는 인천중학교였다. 그런데 평준화가 되면서 인천중학교는 없어져버렸다. 성적이 제일 좋은 아이들이 진학하는 학교를 그냥 내버려두면 평준화 효과가 떨어진다고 생각한 것 같았다.

인천남중에 진학한 나와 내 친구들은 성적에 대한 부담 없이 편하게 학교에 다니면 된다고 생각했다. 하지만 그건 순진한 생각이었다. 우리가 입학하자마자 학교에서는 공부를 열심히 하라고 들볶기 시작했다. 조회 시간에 아예 대놓고 이런 말을 할 정도였다.

"중학교 평준화가 되면서 인천중학교와 인천남중학교가 합쳐졌다. 그러니까 인중으로 갈 학생들하고 남중으로 갈 학생들이 다 이 학교로 왔다는 말이다. 그런데 너희들이 남중 수준으로 평준화돼선 안 된다. 다들 열심히 공부해서 인중 학생들이 돼야 한다. 학교에서는 최선을 다해서 지도할 테니까 너희는 열심히 따라오기 바란다."

학교에서는 우열반을 편성해서 스파르타식으로 공부를 가르쳤다. 매월 시험을 쳤고 성적이 나오면 교무실 복도 칠판에 일등부터 꼴등까지 석차를 적어놓았다. 대다수의 아이들은 자신이 전교에서 몇 등인지 친구들에게 공개되는 걸 부끄러워했다. 그래서 하기 싫어도 억지로라도 공부를 해야 한다고 생각했다. 성적이 월등히 좋은 아이들도 공부에 대한 스트레스를 받기는 마찬가지였다. 학교에서 경쟁을 부추기고 있었기 때문에 자연히 그 분위기에 휩쓸려서 혹사하듯이 공부를 했다. 그리고 새로 성적이 나오면 교무실 복도로 달려가서 칠판에 적힌 자신의 이름을 찾았다. 석차가 오른 아이는 좋아서 소리를 질렀고 석차가 떨어진 아이는 한숨을 내쉬면서 괴로워했다. 각 반의 담임 선생님들은 성적이 떨어진 아이들을 혼내기도 하고 때리기도 하면서 다음 시험을 강조했다. 아이들은 그렇게 공부벌레로 내몰리고 있었다.

그 당시의 우리는 공부 외에는 아무것도 생각할 수가 없었다. 아침 일찍 등교해서 밤늦게까지 공부만 했다. 정해진 수업 시간이 다 끝나고 나면 자율학습이라는 이름으로 학교에 남아 있어야 했다. 특별활동 시간도 없었다. 오로지 공부, 공부뿐이었다. 우수반 아이들은 서로 경쟁을 하느라고 혈안이 돼 있었고, 열등반 아이들은 사사건건 공부 잘하는 아이들과 비교당하면서 우울한 학창 시절을 보내고 있었다.

이렇듯 공부만 강조하는 학교가 인천남중만은 아니었다. 평준화로 첫 입학생을 받은 학교들이 대부분 우열반을 만들어서 아이들을 가르쳤다. 예전에 시험을 볼 때는 성적이 비슷한 학생들이 입학하기 때문에 중학교의 서열이 자연스럽게 정해졌다. 하지만 추첨으로 입학생을 받고 나자 갑자기 상황이 달라졌다. 똑같은 조건의 학생들이니까 어느 학교가 얼마나 더 잘 가르치는지 판가름이 난다고 생각하는 것 같았다. 그래서 학생들의 성적을 올리기 위해 서로 경쟁을 하는 것처럼 보였는데, 나와 내 친구들은 그중에서 인천남중이 제일 심하다고 느끼고 있었다.

각 학교가 우열반을 만들어서 경쟁적으로 아이들을 가르치는 게 알려지자 교육청에서는 단속을 하기 시작했다. 평준화의 목적에 어긋나니까 우열반을 만들지 말고 정상적으로 교육을 하라는 것이었다. 하지만 그런 단속은 눈 가리고 아웅 하는 것과 마찬가지였다. 각 학교는 즉각 우열반을 없애기는 했지만 변칙적으로 운영을 하고 있었다.

내가 중학교 2학년에 올라갔을 때 두 개의 반이 생겼다. 하나는 학적부에 올라가 있는, 정상적으로 편성된 반이었다. 또 다른 하나는 실제로 수업을 받기 위해 몰래 만들어진 우열반이었다. 우리는 아침에 등교해 자기가 소속된 학급에서 조회를 마치고 나면 가방을 들고 다른 학급으로 이동했다. 성적순으로 나뉘어진 그 학급에서 하루 종일 공부를 마치고 나면 다시 원래의 반으로 돌아가서 종례를 하고, 하교할 때까지 자율학습을 했다. 그리고 선생님들은 틈이 날 때마다 아이들에게 입단속을 시켰다.

"성적이 다른 아이들을 한 반에 몰아놓고 공부를 시키면 중간 정도의 아이들에게 맞출 수밖에 없다. 그러면 공부 잘하는 아이는 따분해하고 공부 못하는 아이는 제대로 따라오지 못한다. 그래서 너희들을 위해서 이런 방법을 쓰는 거니까 누가 물으면 절대로 우열반이 없다고 말해야 한다."

이런 분위기 때문이었을 것이다. 우리들 중 체육 시간을 불필요한 수업이라고 여기는 아이들이 많아진 것은.

체육 시간뿐만 아니라 음악 시간과 미술 시간 같은 예능계 수업도 별로 인기가 없었다. 그 시간에 몰래 다른 과목 공부를 하다가 혼나는 아이들도 있었다.

음악과 미술 실기 시간에는 심드렁한 아이들도 이들 과목의 시험 범위를 정해주면 열심히 공부했다. 실기는 점수에 들어가지 않았지만 필기시험은 쉬운 편이라 전체 평균을 올리는 데 아주 유용하기 때문이었다.

하지만 체육은 필기시험조차 없었다.

그 대신 체력장 점수가 있었다. 턱걸이나 달리기, 멀리던지기 같은 종목으로 나눠서 등급을 매기고 그에 맞는 점수를 정해주는 것이었다.

이 점수는 나중에 고등학교에 진학하기 위해 연합고사를 치를 때 필요했다. 그러나 당장 우리들에게 급한 건 매달 돌아오는 시험이었다. 또 체력장 점수는 얼마 안 되기 때문에 자연히 비중이 적을 수밖에 없었고, 연합고사를 앞두고 잠깐 연습을 하면 만점을 받을 수 있다고 과신하는 아이들이 많았다.

아이들의 이런 생각을 알고 있는 체육 선생님은 몹시 답답해하셨다.

"야, 이 녀석들아! 너희들이 공부를 잘하려면 체력이 좋아야 해. 그런데 너희는 공부하느라 따로 운동도 못하잖아. 그러니까 체육 시간에라도 열심히 뛰어야 하는 거야!"

체육 선생님은 입버릇처럼 말했지만 귀담아 듣는 아이들은 없었다. 오히려 체육 시간이 공부하는 데 방해가 된다고 생각하는 아이들이 무척 많았다. 우선 점수와 직접 관련 없는 체육 때문에 시간을 뺏긴다고 여겼고, 체육을 하고 나면 몸이 힘들기 때문에 다음 시간 공부에 집중하기 어렵다는 게 그 이유였다.

그래서 체육 시간에 수업을 빠지려는 아이들이 많았다. 주번하고 바꾸는 아이도 있었고 몸이 아프다고 엄살을 부리는 아이도 있었다.

체육 시간에 선생님 앞에서 다 죽어가는 목소리로 사정을 하는 아이가 몇 명씩이나 됐다. 그들 중 간신히 수업에 빠져도 좋다는 허락을 받아낸 아이들은 나무 그늘에 앉아서 영어 단어를 외우거나 암기 과목을 공부했다.

그런데 하루는 체육 시간에 수업을 빠지겠다는 아이들이 너무 많았다. 다음 날이 매월 치는 시험날이어서 그런 것 같았다. 평소에도 우수반 아이들을 못마땅하게 여기던 체육 선생님은 그날 몹시 화를 냈다. 단 한 명도 쉬라는 허락을 하지 않았고 아이들을 철봉대 앞으로 집합시켰다. 그러곤 상기된 얼굴로 이렇게 말씀하셨다.

"너희들이 체력장 점수를 우습게 알고 체육 시간을 빼먹으려고 하는데, 실력이 얼마나 되는지 확인해보자. 제대로 못하는 놈들은 가만 안 둘 테니 각오 단단히 해."

체육 선생님은 우리를 둘러보다가 나와 눈이 마주쳤다. 나는 얼른 시선을 피했지만 선생님의 목소리가 내 귀로 파고들었다.

"야, 전교 부회장! 너 앞으로 나와."

우리는 모두 체육복을 입고 있었고, 각 반의 아이들이 죄다 섞여서 만들어진 학급이었기 때문에 선생님이 이름을 기억하는 아이가 거의 없었을 것이다. 그런데 나는 1학년 때 전교 부회장으로 뽑혀서 자주 교무실을 들락거리는 바람에 선생님들 대부분이 기억을 하고 있었다. 어쩔 수 없이 불려나간 나는 체육 선생님 앞에 섰다. 선생님은 턱걸이를 해보라고 했다.

나는 철봉을 잠시 올려다본 다음 고개를 떨구었다.

"못합니다."

나는 기어들어가는 목소리로 말했다. 그러자 선생님이 놀란 눈으로 나를 쳐다보셨다.

"못하다니? 턱걸이를 하나도 못한다는 말이냐?"

"네."

선생님 얼굴에 어처구니없다는 표정이 돋아났다. 그러더니 곧 화를 내면서 소리를 질렀다.

"어떻게 시도도 안 해보고 포기할 생각부터 하는 거야? 당장 철봉에 매달려!"

선생님의 기세에 놀란 나는 펄쩍 뛰어올라서 두 손으로 철봉을 잡았다. 그리고 철봉을 움켜쥔 손아귀에 힘을 주면서 내 몸을 끌어올리려고 했다. 하지만 내 팔 힘은 너무나 약했다. 몸이 끌어올려지기는커녕 팔이 빠질 것처럼 고통스러웠다. 다리와 몸통을 이리저리 비틀어봤지만 아무 소용이 없었다. 말 그대로 그냥 매달려 있을 뿐이었다.

"철봉 잡은 손에 힘을 줘! 이를 악물고 끌어당겨!"

선생님은 고함을 질렀지만 내 몸은 말을 듣지 않았다. 그렇게 버둥

거리다가 나는 더 참지 못하고 철봉 잡은 손을 놓고 말았다.

"야, 이 한심한 녀석아! 어떻게 턱걸이를 한 개도 못할 수가 있냐? 그런 허약한 몸으로 어떻게 살아갈래? 저쪽으로 가서 따로 앉아 있어."

선생님은 무작위로 아이들을 불러내서 턱걸이를 시켰다. 턱걸이 만점인 스무 개를 거뜬히 해내는 아이들도 있었다. 하지만 대부분 몇 개를 하고는 대롱대롱 매달려서 몸을 꼬았고, 나처럼 단 한 개도 못하는 아이들도 제법 있었다.

선생님은 턱걸이를 한 개도 못한 아이들에게 팔굽혀펴기를 시켰다. 아이들은 엎드려서 선생님의 구령에 맞춰서 팔을 굽혔다가 폈는데 곧 여기저기서 끙끙대기 시작했다. 그리고 조금 지나자 아이들이 픽픽 쓰러졌다. 나도 용을 쓰다가 바닥에 배를 깔고 말았다. 그렇게 기운을 다 뺀 우리들은 다시 선생님의 장황한 훈시를 들어야 했다.

"물론 턱걸이가 전체 체력을 측정하는 기준은 아니다. 하지만 하나를 보면 열을 알 수 있듯이, 턱걸이만으로 너희들의 몸 상태를 어느 정도 알 수 있다. 지금부터라도 너희가 기초 체력을 길러야 한다. 그렇지 않으면 평생 동안……."

선생님의 훈시가 이어지는 동안 아이들은 지루해서 견딜 수 없다는 표정을 짓고 있었다. 연신 시계를 들여다보는 아이도 있었고, 늘어지게 하품을 하는 아이도 있었다. 그러다가 갑자기 한 아이가 큰 소

나에게는 여러 가지 시련이 찾아왔다. 그때마다 나는
철봉대를 생각했다. 철봉대를 만지작거리기만 하다가 물러설
때도 있었다. 하지만 철봉대를 붙잡고 울면서 절박하게 그
일을 헤쳐 나갈 방법을 찾으면 아주 조금씩 길이 보였다. 그
길을 따라가는 건 포기하는 것보다 무척 힘들었다. 하지만
길 끝에는 늘 충분한 보상이 기다리고 있었다.

앞으로 내 앞에 얼마나 많은 철봉대가 나타날지 나는
모른다. 그러나 한 가지 분명한 건 언제든지 철봉대를
붙잡고 울 각오가 돼 있다는 것이다. 철없던 시절에 말귀도
제대로 못 알아듣던 그 가르침이 뒤늦게 나를 흔들어
깨웠다. 그리고 그 가르침은 내가 새로운 도전에 맞다뜨릴
때마다 계속 반복되고 있다.

리로 말했다.

"원래 턱걸이를 못하는 아이도 있는 거 아닙니까."

그 말에 체육 선생님의 표정이 굳어졌다.

"턱걸이든 다른 종목이든 잘하고 못하고의 차이는 물론 있다. 하지만 체력장에서 너희들에게 원하는 턱걸이 만점이 2000개도 아니고 200개도 아니고 겨우 20개다. 최소한 그 정도는 할 수 있어야 기초 체력을 갖고 있다고 보는 거다. 그런데 한 개도 못한다는 건 건강에 문제가 있다고 볼 수밖에 없다. 그러니까 할 수 있는 모든 노력을 다 기울여서 체력을 길러야 한다. 사실 너희들은 턱걸이를 못한다고 포기하기만 했지 잘하려고 애를 써본 적이 없잖아. 너희들, 턱걸이가 제대로 잘 안 돼서……."

여기까지 말한 다음 체육 선생님은 아이들을 둘러보더니 이렇게 물었다.

"철봉대를 붙잡고 울어본 적 있나?"

그 말을 듣는 순간 난 나도 모르는 사이에 피식 웃고 말았다. 아니 그까짓 턱걸이 못하는 것 때문에 철봉대를 붙잡고 운단 말인가. 그 무렵 우리들 사이에 유행하는 말이 떠오른 것도 내가 웃은 이유 중 하나였다. 친구들끼리 싸울 때 한 아이가 '주먹이 운다, 주먹이 울어.'라고 말하면 다른 아이는 '손가락에 초상 났냐, 주먹이 울게?' 이렇게 대꾸하곤 했다. 그래서 선생님이 '철봉대를 붙잡고 울어본 적 있나?'고 했을 때 '철봉에 초상 났나?' 하는 생각이 저절로 떠올랐던 것이다.

나만 선생님의 말을 우습게 받아들인 게 아니었다. 체육 시간이 끝나고 난 뒤 같은 반 친구들도 '철봉대를 붙잡고 왜 우냐?' '울면 철봉대가 땅속으로 파묻혀서 철봉이 턱까지 내려온대냐?' 이렇게 빈정대면서 낄낄거렸다. 너무나 철이 없고 생각이 많이 모자랐던 우리에게 선생님의 그 말은 쇠귀에 경을 읽는 것과 마찬가지였던 것이다. 그리고 그 일은 우리의 기억 속에서 서서히 잊혀져갔다.

그로부터 십수년이 지난 어느 날, 나는 중학교 동창을 우연히 만나게 되었다. 그때 나는 잡지사 기자로 일하고 있었고 그 친구는 고등학교에서 아이들을 가르치고 있었다. 밤늦게까지 술을 마시면서 우리는 중학교 시절에 있었던 일을 이야기했다. 그러다가 체육 선생님과 그날 체육 시간에 있었던 일을 떠올렸다.

그런데 그 순간 내 몸에서는 전율 같은 게 느껴졌다. 중학교 2학년 당시에는 아무것도 느낄 수 없었던 '철봉대를 붙잡고 울어본 적 있나?'라는 말이 아주 절박하게 다가왔다. 그 무렵 나는 잡지사 기자 생활에 너무 지쳐 있었다. 그래서 자꾸 그만둘 생각만 하고 있었다. 다른 구체적인 계획을 갖고 있는 것도 아니었다. 다만 그 상황을 일단

피하고 싶었다.

그 생각을 하자 내가 그동안 피해왔던 여러 가지 일들이 줄줄이 떠올랐다. 그때마다 나는 어려운 쪽으로 도전을 하기보다는 쉽게 포기하는 쪽을 선택했다. 그래서 내가 이룰 수 있는 많은 것들을 놓쳤다. 턱걸이를 한 개도 못하면서 철봉대를 붙잡고 울어볼 생각도 하지 않았던 것이다.

이 사실을 깨닫고 나자 나는 더 이상 물러설 수가 없었다. 그래서 처음으로 철봉대를 붙잡고 울어보기로 했다. 나는 잡지사를 그만두려고 했던 이유를 낱낱이 살펴보면서 무엇이 문제인가를 따져보았다. 그러자 그만두는 것 외에는 길이 없을 것 같던 상황이 조금씩 다르게 보이기 시작했다. 그만두는 것보다 훨씬 더 힘들기는 했지만 나는 이를 악물고 그 상황을 잘 이겨냈다. 그 일을 겪고 나서 나는 그 잡지의 편집장 자리에 오르게 되었다.

그 후에도 나에게는 여러 가지 시련이 찾아왔다. 그때마다 나는 철봉대를 생각했다. 철봉대를 만지작거리기만 하다가 물러설 때도 있었다. 하지만 철봉대를 붙잡고 울면서 절박하게 그 일을 헤쳐 나갈 방법을 찾으면 아주 조금씩 길이 보였다. 그 길을 따라가는 건 포기하는 것보다 무척 힘들었다. 하지만 길 끝에는 늘 충분한 보상이 기다리고 있었다.

앞으로 내 앞에 얼마나 많은 철봉대가 나타날지 나는 모른다. 그러나 한 가지 분명한 건 언제든지 철봉대를 붙잡고 울 각오가 돼 있다는 것이다. 철없던 시절에 말귀도 제대로 못 알아듣던 그 가르침이 뒤늦게 나를 흔들어 깨웠다. 그리고 그 가르침은 내가 새로운 도전에 맞닥뜨릴 때마다 계속 반복되고 있다.

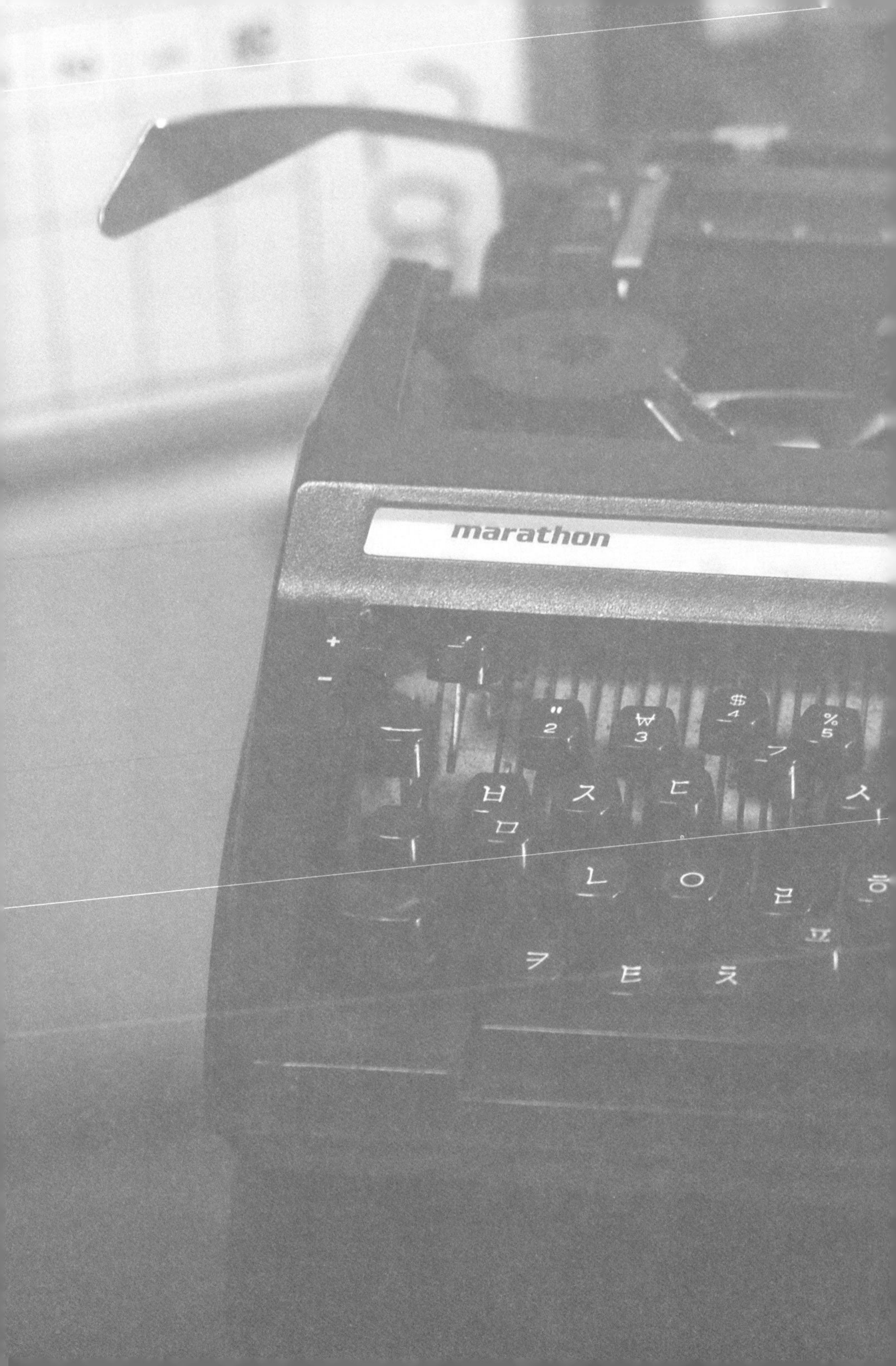
marathon

2부

열여덟 살의
문학 수업

선생님들이 내게 소설 읽기의 자유를 주었으므로

훗날 소설가가 될 수 있었다. 인생에 이보다

더 심각하게 영향을 끼친 수업이 어디 있으랴. 선생님들

모두 합동으로 나를 소설가로 만들었다.

양귀자 『인생 수업』 중에서

열여덟 살의
문학 수업

—

조
해
진

나는 학생은 공부하는 기계라는 개성도, 인간성도 없는 비유가 아무렇지도 않게 통용되던 시대에 고등학교를 다녔다. 특히 내가 다녔던 고등학교는 강서 지역의 8학군으로 불리던, 그 인근에서도 혹독하리만치 무섭게 공부를 시키는 학교로 유명했다. 그곳에선 인격이란 성적표에 찍히는 순위로 대체되었고 불필요하고 사소한 규율에서 조금이라도 벗어나면 즉각 처벌을 받아야 했다. 등교 시간은 아침 7시였고 하교 시간은 밤 10시였으며 주말에도 자율학습 교실이 운영되어 제대로 쉬는 날이 없었다. 어쩌다가 휴일이 생겨도 노는 방법을 몰랐던 나와 친구들은 동네 근처 만화방이나 어슬렁거리다가 어두워지기 전에 얌전히 집으로 돌아가곤 했다. 우리의 유희는 고작 학교 선생님들의 말투나 옷차림에 대해 인색한 품평을 하면서 소비됐다. 한 번의 마주침만으로도 무한한 이야기를 생성해낼 수 있었던 교회나 학원에서 만난 또래 남학생들의 눈빛을 이야기할 때, 우리와 전혀 다른 세계에서 살고 있는 듯한 브라운관의 아름다운 배우들을 이야기할 때 소리 내어 웃기도 했지만 그 웃음은 한시적이어서 허무했다. 웃음이 걷히고 나면 우리는 다시 교과서와 참고서를 펼치고는 진짜 인생을 가르쳐주지 않는 숫자와 기호의 세계로 들어가야 했다.

나는 학교가 싫었다.

하지만 고등학교 3년 내내 나는 결석이나 지각, 조퇴를 하지 않았고 졸업할 때는 깨끗한 학교생활기록부를 바탕으로 개근상까지 받았다. 무사히 졸업을 하고 원하던 대학으로부터 입학 허가를 받아야만 이 사회를 이루는 작은 톱니라도 될 수 있다는 영악한 계산 때문은 아니었던 듯하다. 그런 계산을 할 수 있었다면 오히려 나는 쉽게 포기했을 것이다. 공부나 성적이 인생의 전부가 아니라는, 그 당시 나를 위로해주던 단 하나의 문장이 어른들의 상투적인 훈계가 아니라 실은 고등학교 이후의 인생을 살아보아야만 터득할 수 있는 인생의 몇 안 되는 진실 중 하나라는 것을 진작에 알았다면 말이다. 그토록 싫어했던 학교를 포기하지 않고 끝까지 다녔던 건 단지 대안이 없었기 때문이다. 대안은 대학 입학 이후에나 가능할 터였다. 숫자와 기호로는 풀리지 않는, 불가해한 질문과 대답하지 않을 자유가 있는 진짜 인생은 말이다.

그리고 열여덟 살에 나는 그녀를 만났다.

그녀의 이름은 다소 중성적이었다. 실제로 그녀의 이름은 1990년대 초반에 등단하여 활발한 작품 활동을 하다가 35세에 아깝게 요절한 남성 소설가 K와 같았다. 대학을 갓 졸업하고 국어과 교사가 되어 우리를 찾아온 그녀에게선 내가 이전까지 느껴보지 못한 새로운 에너지가 흘렀다. 그녀는 단 일주일 만에 자신이 들어가는 모든 학급의 그 많은 학생들의 이름들을 다 외워버렸고 수업 중에 뜬금없이, 그러나 진심으로 궁금하다는 듯 묻기도 했다. 그런데 지금 방금 12페이지를 읽은 너는 꿈이 뭐니?

아니, 가고 싶은 학과 말고. 진짜 꿈이 뭐야?

음식은 뭘 좋아해?

최근에 가장 신나게 웃었던 게 언제야?

혹시 조세희의 『난장이가 쏘아올린 작은 공』을 읽어봤니? 기형도라는 시인은 들어봤어?

그녀의 질문은 교과서에 없던 것들이었고, 그래서 정해진 답도 없었다. 엉뚱한 대답을 했다고 해서 손바닥을 맞거나 운동장을 돌 일도 없었다. 수업 중 질문을 받고 싶어서 열심히 교사와 눈을 맞춘 것은 그때가 처음이었을 것이다.

애, 지난주에 Y고 남학생들하고 미팅은 잘했니? 마음에 드는 남학생은 없었어?

드디어 마지막 수업 시간, 한 시간 내내 우리는 울었다.
학생들도, 그녀도 함께 울었다. 불가항력의 이별 앞에서
온몸의 수분이 다 마를 만큼 열심히 울었던, 내 인생 최초의
경험이었다.(…) 나는 그녀가 다녔던 대학의 국문과에
들어가서 그녀의 후배가 되어 문학을 배우고 싶었다.
안치환의 노래를 부르며 시위대에 서고 싶었고
캠퍼스 구석에서 조용히 기형도를 읽고 싶었다.

대학에 가면? 십대에 사랑을 하면 경찰이 잡아가나?

너희 그거 아니? 저기 끝에 앉아 있는 P의 꿈이 연극배우래. 와, 대단하지 않니?

그녀의 이야기는 언제나 교과서 밖을 향해 있었다. 놀라운 건, 교과서 밖을 돌고 돌던 그 이야기들이 어느샌가 결국엔 다시 문학으로 와 있곤 했다는 것이다. 그녀의 문학 수업에는 작가의 이력이나 시대적 배경, 시점이나 표현법이 거의 없었다. 그런 것은 그저 몇 줄의 문장으로만 간단하게 소개했을 뿐 나머지 시간은 우리의 생각, 우리의 감정, 우리의 비판으로 채우려 했다.

나는, 나뿐 아니라 M여고에서 그녀의 문학 수업을 듣게 된 모든 여학생들은 18년 만에 새로운 유형의 교사를 알게 된 것이다. 아니, 새로운 유형의 어른이라고 해도 무방했다.

그녀는 자신의 이야기를 할 때도 솔직했다. 비가 내리는 날엔 아예 교과서를 덮고 그녀의 대학 생활을 엿들었다. 그녀의 대학 생활에는 미팅이나 엠티가 없었다. 대신 운동, 팸플릿과 대자보, 사복경찰, 수배 같은 단어들이 많이 나왔다. 그 때문이었을 것이다. 나는 그 당시 내 보물 1호였던 삼성 마이마이 카세트에 안치환의 테이프를 끼워놓고는 등하교 시간마다 줄기차게 듣곤 했다. 지금 우리가 보는 세계가 전부가 아니라는, 우리가 꿈꾸는 대학 생활을 낭만적인 드라마로만 채워서는 안 된다는 전언이 들어 있는 노래들이었다.

그녀는 딱 두 번 우리 앞에서 눈물을 보였다.

한 번은 대학 동창들과 갖게 된 술자리에서 오래전의 첫사랑을 만나고 온 날이었다. 모종의 사건으로 대학을 잠시 떠나 수배 생활을 했던 그를 위해 그녀는 자진해서 일일호프를 기획했었고 그 수익금을 그에게 준 적이 있었다고 했다.

참 이상하지. 너희들에게 그 사람과 관련된 이야기를 많이 해서인지 막상 그를 만나니 의외로 덤덤했어. 역시 말을 하면서 감정은 치유되는 건가봐.

마치, 비밀 같은 건 없는 절친한 친구에게 들려주는 듯한 조용한 독백이었다.

두 번째는 우리의 마지막 수업에서였다. 여름방학 직후, 새로운 학기가 시작되고 얼마 되지 않았을 때 그녀가 M여고를 그만두게 될 거라는 소문이 돌았다. 그때서야 우리는 그녀가 M여고의 정식 교사가 아니라 다른 선생님을 대신해 잠시 그 자리를 채우게 된 기간제 교사라는 것을 알게 되었다. 정식 교사니 기간제 교사니 하는 것에 우리는 관심이 없었다. 우리의 관심은 그저 그녀가 조금이라도 더 우리 곁에 머무를 수 있게 하는 방법이었다. 수업에 들어오는 모든 교사들에게 그녀의 수업을 더 듣고 싶다고 애걸했고, 종례 시간엔 담임에게 왜 좋은 선생님이 학교를 그만두어야 하느냐고 따지기도 했었다.

그러나 그녀를 붙잡을 수 있는 힘이 우리에겐 없었다.

드디어 마지막 수업 시간, 한 시간 내내 우리는 울었다. 학생들도, 그녀도 함께 울었다. 불가항력의 이별 앞에서 온몸의 수분이 다 마를 만큼 열심히 울었던, 내 인생 최초의 경험이었다. 하긴, 그녀를 알게 된 이후 열여덟 살의 문학 수업은 언제나 처음 같았다. 매 시간이 즐거웠고 행복했다. 자주 웃었고 나를 믿게 되었다. 꿈도 생겼다. 나는 그녀가 다녔던 대학의 국문과에 들어가서 그녀의 후배가 되어 문학을 배우고 싶었다. 안치환의 노래를 부르며 시위대에 서고 싶었고 캠퍼스 구석에서 조용히 기형도를 읽고 싶었다. 사람의 마음을 움직일 수 있는 글을 쓰고 싶었다.

그녀가 떠나고 얼마 후, 나는 고등학교 3학년 학생이 되었다. 암기력은 좋지만 문제 활용 능력이 떨어졌던 나는 새로운 입시제도가 된 수학능력시험 모의고사에서 언제나 내신 성적보다 좋지 않은 점수를 받았다. 좌절해 있을 때, 어느 늦은 밤, 나는 1년 전 그녀에게 문학 수업을 들었던 몇몇 학생들과 함께 그녀의 집으로 전화를 걸었다. 자율학습 쉬는 시간이었을 것이다.

학교 로비 공중전화기 앞에서 우리는 둥그렇게 모여 수화기 쪽으로 귀를 바짝 대고는 발을 동동 구르고 있었다. 이윽고 그녀가 전화를 받았다.

그녀는 M여고를 그만둔 후 임용고사를 준비하고 있었다.

한 명씩 돌아가면서 수화기를 잡았다. 하고 싶은 말, 꼭 해야 할 것만 같았던 말들이 너무도 많았지만 막상 순번이 돌아왔을 때는 다들 말문이 막혔다. 그녀도 갑자기 전화를 받아서인지 예전처럼 재치 있는 말로 우리를 웃게 해주진 못했다.

전화를 끊고 나서 우리는 다시 자율학습실로 들어갔고 딱딱한 나무 의자에 앉아 숫자와 기호로 얽혀 있는 책을 펼쳤다. 마음속으로 정체를 알 수 없는 바람이 불었다. 수화기 저편에서 들려오던 그 지친 목소리에서 숨길 수 없는 그녀의 마음이 어쩔 수 없이 조금은 전해졌기 때문이다.

세월이 흐르고 나는 고등학교를 졸업했다. 그녀가 다니던 대학의 국문과에는 들어가지 못했다. 대학 원서를 쓰던 날, 국어 선생님이 되고 싶다고 말하자 고3 담임은 국문과보다 조금 점수가 낮은 사범대 원서를 써줬다. 안전하게 가자는 담임에게 그냥 교사가 아니라 K 같은 교사여야 한다는 말은 끝내 하지 못했다. 대학 입학 후 몇 번인가

시위에 나가긴 했지만 진심으로 그런 것이 필요하다고 느껴서였다기보다는 스스로를 배신하고 싶지 않아서, 혹은 막연히 그녀처럼 되고 싶어서였다는 것을 잘 알고 있었다. 내 주위엔 수배 중인 친구도 없었고 그래서 누군가를 위해 일일호프를 기획하는 일 같은 것도 하지 못했다. 나는 운동권 학생이 되지 못했다.

대학원을 졸업한 후엔 내가 다니던 대학의 부속 고등학교에서 1년여 간 기간제 교사로 일한 적도 있었다. 문학이 아니라 문법 수업을 배당받았다. 그녀처럼 학생들을 번호나 옷차림이 아니라 이름으로 부르긴 했지만 내가 가르치는 모든 학생들의 이름을 완벽하게 외우지는 못했다. 대학 생활에 대해 가끔 이야기를 해주긴 했지만 학생들의 관심을 크게 끌지도 못했다. 몇몇 학생들과는 극도로 관계가 안 좋았다. 고등학교 시절, 내가 한 번도 마음을 주지 않았던 냉정하고 사무적인 교사들을 나는 조금씩 닮아가고 있었다. 인정한다. 나는 학생들을 웃게 해주지 못했다. 꿈을 꾸게 해주지도 못했다. 단 한 명의 학생에게도 저 사람처럼 살고 싶다는 생각을 갖게 하지 못했다.

계약 기간이 끝난 후, 나는 교사가 될 수 없는 내 한계를 깨닫게 되었다.

내가 기간제 교사로 있던 고등학교의 학생들을 두어 번 우연히 만난 적이 있다. 한 번은 버스 안에서, 또 한 번은 홍대 앞 어느 골목에서. 두 번 다 학생들이 먼저 아는 체를 해왔고 나는 그때마다 무척 곤혹스러웠다. 그 학생들이 싫어서도, 미워서도 아니었다. 그저, 미안했기 때문이다. 그리 좋은 교사가 아니었던 내가, 재미도 감동도 없었던 내 수업이 미안했다. 그리고 하나 더…… 더 멋지게 살지 못하는 내가 미안했다.

그때, 학교 로비에서 그녀에게 전화를 했던 날, 나는 그녀의 목소리에서 우리를 귀찮아하는 마음을 읽었었다. 거리에서 우연히 내가 가르치던 학생들을 만나고 나서야 나는 그 당시 그녀의 마음을 아주 조금, 손으로 짚어볼 수 있었다. 반가워하는 그들에게 충분히 따뜻하게 대해주지 못한 채 급한 일이라도 있는 사람처럼 서둘러 돌아서서 집으로 온 그날, 나는 등이 시리고 아팠었다. 그녀도 그랬을 것이다. 나보다 수만 배의 열정으로 교직에 임했던 그녀는 더 이상 교사가 아닌, 더 이상 들려줄 이야기도 없고 가르칠 것도 없는 자신의 목소리를 신뢰할 수 없어 괴로웠을 것이다. 수많은 학생들에게 인생의 모델이 되었다는 것을 알게 되었을 때, 그녀는 집으로 돌아가 문을 걸어 잠근 후 먼지 낀 거울을 들여다보며 속삭였을지도 모르겠다.

그런데 왜 하필 나니…….

지금도 가끔 그녀를 생각한다.

'너는 꿈이 뭐니?' 물으며 눈을 빛내던 모습, 삐딱하게 서서 문학에 대해 말하던 진지한 표정, 안경알을 올리며 손가락 끝으로 눈물을 닦아내던 순간, 웃음이 터지면 얼굴부터 빨개지던 몹시 사랑스러웠던 사람……. 그녀를 만나지 못했다면, 내 인생에 열여덟 살의 문학 수업이 없었다면, 나는 대부분의 대학 동기들처럼 임용고사를 준비했을 것이다. 내가 갖고 있는 열정을 모두 소진해버리는 수업을 못했다 해도, 학생들과 조금씩 관계가 틀어지거나 상투적인 관계로 전락된다 해도 크게 상심하지 않고 절망하지도 않는, 그녀와 전혀 닮지 않은 교사가 되었을 것이다. 그러므로 그녀는 내게 진짜 인생을 가르쳐준 것이 맞다. 교사가 되지 않은 대신, 나는 내가 진심으로 사랑하는 소설을 시작했기 때문이다.

얼떨결의
첫 만남

―

김
용
택

고등학교를 졸업하고 놀고 있는데, 친구들이 집으로 놀러와 선생 시험을 보러 가자고 했다. 나는 친구들을 따라가 선생 시험을 봐서 합격을 했고 어느 작은 분교에서 선생을 시작했다. 젊은 나에게 산골은 너무 심심했다. 작은 분교였기 때문에 오전 수업이 끝나면 오후에는 별로 할 일이 없었다.

　그렇게 심심하게 보내던 어느 날, 월부 책장수가 우리 학교에 도스토옙스키 전집을 가지고 왔다. 나는 그가 권한 대로 그 책을 월부로 사서 읽었다. 정말 또 그 우연한 책읽기가 이번에는 나를 문학의 길로 내몰 줄 내가 어찌 알아차렸겠는가. 나는 그때까지 문학적인 체험이 거의 없었다. 너무 시골이어서 책을 읽는 사람을 보지 못했고, 나도 책에 대한 경험이 별로 없었던 것이다. 삶 그 자체가 문학적인 체험이겠지만, 문학이라는 말이 들어간 그 어떤 체험도 없었다. 이상한 기억이지만 딱 한 가지 문학적인 체험이 있었으니, 내가 고등학생 때 김수영 시인이 교통사고로 돌아가셨는데, 나는 그때 신문에 난 그의 사고 기사를 지금도 기억하고 있다.

아무튼 그 월부 책 이후 혼자 책을 사서 읽기 시작했다. 박목월, 이어령, 앙드레 지드, 헤르만 헤세, 서정주 등의 글도 다 전집으로 읽었다. 나는 점점 더 시야를 넓혀 전주 헌책방에 가서 「현대문학」이나 「문학사상」, 「심상」, 「현대시학」 같은 시 전문지나 문학 전문지를 사서 읽기 시작했다. 그렇게 책이 재미있을 수가 없었다. 그 누구도 나에게 책을 권하지 않았으며, 그 누구도 나에게 문학에 대해, 인생에 대해, 세계에 대해 가르쳐주지도 대화를 나누어주지도 않았다. 어둠 속에서 빛을 찾아가는 무 구덩이 속 무순처럼 나도 그렇게 홀로 빛을 찾아 어둠 속을 캄캄하게 헤맸던 것이다.

혼자 빛을 찾아다니다가 1980년대에 이르러서야 나는 문학에 새로운 눈을 뜨기 시작했다. 그 무렵 나는 「창작과 비평」이나 「문학과 지성」 그리고 「뿌리 깊은 나무」 등의 잡지들을 헌책으로 사서 읽기 시작했다. 토요일이면 전주 헌책방을 뒤지고 뒤져 눈에 띄는 그 잡지들을 사서 밤을 새워 읽었다. 그리고 사회와 역사에 눈을 떠갔다.

참으로 답답하고, 깝깝한 세월을 지나 희미하게나마 세상을 읽어가던 시절, 전주의 어느 문학 강연장엘 갔다. 태어나 처음으로 문학을 하는 사람을 직접 보러 갔던 것이다. 그렇게도 존경하던 백낙청 선생님의 강연이었다. 세상에, 백낙청 선생님이 전주를 다 오시다니. 나는 어쩔 줄 몰랐다. 강연장에 가서는 깜짝 놀랐다. 강연을 하는 연단 구석자리에 내가 좋아하던 이시영 시인이 있었던 것이다. 그는 그때 「만월」이라는 시로 시인들의 마음을 사로잡고 있었는데, 나에게는 멀기만 한 그 시인이 시집 날개에 실린 그 검은 테 안경을 낀 그 얼굴로 거기 앉아 있었던 것이다.

강연이 끝나고, 그 무렵 새로 자주 만나는 조성국, 박용호와 함께 다방에 들어갔는데, 아 글쎄, 이시영 시인이 그 다방에 들어서질 않는가. 나는 숨이 막힐 것 같았다. 그가 내 곁을 지날 때 나는 벌떡 일어나 "이시영 시인님이시지요?" 하며 인사를 했다. 그가 손을 내밀며, 나더러 "학생인가?" 하고 물었다. 긴장되어 몸이 굳은 나는 얼른 "아닙니다. 선생입니다, 선생." 하고 대답했다.

백낙청 선생과 이시영 그리고 몇몇 사람들이 우리들과 조금 떨어진 곳에서 차를 마시며 담소를 나누는 것을 나는 오래도록 바라보았다.

세월이 흘렀다. 나의 글에 대해 나의 생각에 대해 아무도 나를 칭찬해주지 않으므로 내가 나를 칭찬하며 글을 썼다. 내 글을 내가 객관화시킬 수 있을 때까지. 그 길은 참으로 멀고도 험했다. 내 시를 보고 내가 감동할 때까지 나는 나를 몰아갔다.

1982년, 드디어 내 시를 읽고 내가 감동했다. 나는 시를 골라 창작과 비평사로 보내기로 마음먹었다. 1982년이 어느 때인가. 전두환 정권이 「창작과 비평」과 「문학과 지성」을 폐간시킬 때였다. 「창작과 비평」이 폐간되자 창작과 비평사에서는 시인들의 신작시를 모아 단행본 형식으로 시집을 출간했다. 현실참여 시인들의 지면을 창작과 비평사는 그렇게 마련했던 것이다. 나는 시 17편을 정리해서 창작과 비평사로 보냈다. 그리고 잊고 지냈다.

그러던 어느 날, 내게 엽서가 한 장 날아왔다. 처음 본 글씨체였다. 이게 뭘까? 나는 엽서를 읽어갔다. 새로운 시집에 당신의 시를 신인작품으로 싣고 싶은데 허락을 하신다면 사진을 한 장 보내달라는 내용의 편지였다. 어? 이게, 그, 긍게, 뭐여! 나는 편지를 보낸 사람을 찾았다. 이런 세상에, 그 편지의 발신인은 이시영 시인이었다.

나는 숨이 막혔다. 하늘이 빙빙 돌았다. 눈을 껌벅이고 다시 한 번 편지를 읽었다. 나는 집에 가서 사진을 찾아 보냈다. 그런데 한 일주일 후에 또 편지가 왔다. 사진을 받았는데, 그런 사진 말고 다른 사진을 보내달라는 것이었다. 이런, 다른 사진이라면? 그래, 그렇구나! 나는 순창 사진관에 가서 명함판 사진을 찍어 보냈다.

그리고 그해, 그러니까 1982년 10월에 내게 책이 배달되어 왔다. 시집 제목은 21인 신작 시집 『꺼지지 않는 햇불로』였다. 그 시집 제일 앞에는 박두진 선생님의 시 다섯 편이 실려 있었다. 나는 그렇게나 유명하신 분의 시와 내 시가 같은 책에 실린 것에 무척 놀랐다.

어느 해 나는 서울에 가게 되어 마포경찰서 옆에 있는 창작과 비평사의 이시영 사무실로 갔었다. 거기서 김정환과 김주영 선생을 처음 만났었다. 그 유명한 시인과 소설가를 가까이에서 그때 처음 보았었다. 이시영은 실내화를 신고 있었다. 말도 별로 없고, 웃으면 쪽니가 보였다. 무심한 얼굴이었다.

내가 글을 발표하고 시집을 내기 전 어느 뜨거운 여름, 나는 강 건너 논에 농약을 치고 몸이 나른하고 무거워서 마루에 누워 지루하고 무더운 여름 한낮을 견디고 있었다. 햇살이 무척 해맑았다. 산도 강도 맑은 햇살 아래 잠잠하고 조용했다.

그때 누군가가 우리 집 문 앞에 우뚝 서 있었다. 아주 작은 가방을 들고 말이다.

"어, 어, 이시영 아녀?"

그랬다. 그는 시인 이시영이었다. 그가 거짓말같이 가만히 대문 앞 햇볕 속에 서 있었던 것이다. 정말 희한했다. 어떻게 연락도 없이 그가 우리 집 마당에 서 있단 말인가. 나는 투망을 들고 그와 함께 강으로 갔다. 그때만 해도 강물에 투망을 던지면 이런저런 물고기들이 잡힐 때였다. 나는 몇 번의 투망질로 고기를 잡아다가 매운탕을 끓여놓고 이시영과 소주를 됫병으로 마시기 시작했다.

나는 지금도 그때를 잊지 못한다. 소주 한 잔에도 넋이 나가버리는 내가 어떻게 그와 소주를 됫병으로 다 마셨는지. 이시영은 서울이 답답하다고 했다. 시가 안 써진다고 했다. 그래서 정처 없이 서울을 나섰다고 했다.

나는 그를 차 타는 데까지 바래다주었다. 뜨거운 여름 들길, 벼들이 파랗게 자라고 있었다. 우린 너무 더워 들가에 있는 커다란 느티나무 아래 나란히 앉아 오래 쉬었다. 뜨거운 햇살이 대지에 무참하게 쏟아지고 있었다. 그때 둘이 무슨 말들을 했는지는 기억나지 않는다. 이시영은 광주로 간다고 했다. 광주라고 하니 곽재구와 김준태가 생각났다.

나는 순창 가는 차표를 끊어 그에게 주었다. 그가 차창을 열고 쪽니를 보이며 희미하게 웃고 손을 흔들었다. 나 혼자 집에 돌아오며 그가 무지 외로운가보다며 의아해했었다. 나는 땀을 뻘뻘 흘리며 들길을 걸어 집으로 돌아왔다.

그 후 나는 첫 시집을 창작과 비평사에서 냈다. 이시영이 서둘러주었다. 시집이 나왔을 때도, 그 후 서울에 갈 때마다 나는 창작과 비평사에 들렀고, 이시영의 집에 가서 자기도 했다. 말이 없는 사람이었다. 촌놈인 내가 그 얼마나 서울 사람들에 대해, 문단에 대해 궁금해했겠는가. 그러나 그는 통 말이 없었다. 그리고 세월이 흘러 서로 허

나는 지금도 그때를 잊지 못한다.
소주 한 잔에도 넋이 나가버리는 내가
어떻게 그와 소주를 됫병으로 다 마셨는지.
이시영은 서울이 답답하다고 했다.
시가 안 써진다고 했다.
그래서 정처 없이 서울을 나섰다고 했다.

물이 없어질 무렵 나는 그때 전주에서의 그가 "학생인가?" 하고 묻던 사건을 이야기했다. 그도 나를 기억하고 있었다. 우린 그 이야기만 나오면 지금도 웃는다.

내가 처음으로 창작과 비평사에 응모했을 때 그에게서 온 엽서를 잊을 수가 없다. 그때의 감격을 내 어찌 잊겠는가. 1970년대와 1980년대를 거치며 그는 늘 민족문학 진영의 중심에 있었고, 말 많고 탈 많은 시인, 소설가들의 모든 뒤치다꺼리를 묵묵히 해냈다. 감옥에 간 시인, 소설가치고 그의 신세를 지지 않은 사람은 없고, 서울에 올라가 그의 술을 먹지 않은 시골 시인, 소설가들도 아마 없을 것이다.

어느 날 그에게서 전화가 왔다. 안도현을 찾는다고 했다. 그러면서 그는 23년 근무한 창비에서 정년 퇴임을 했다는 말을 했다. 나는 잠깐 멍해졌다. 이시영이 없는 창작과 비평사를 나는 한 번도 상상해보지 못했다.

이시영은 나더러 늘 촌놈이라고 한다. 촌놈들은 세상을 머뭇거린다. 변하는 세상이 두렵고 얼른 길들여지지 않는 것이다. 그도 아마 그럴 것이다. 그의 집도 전남 구례다. 나는 1년에도 몇 번 그의 마을을 지나다닌다. 그의 마을을 지날 때마다 아내에게 "저기 저 마을이 이시영이 마을이여. 이시영이 집이 부자였대. 중학교를 전주로 다녔는데, 머슴이 구례역까지 데려다주곤 했대." 하고 말하곤 했다. 어쩔 때 내가 그의 고향 마을 앞을 아무 말 없이 지나가면 아내는 "왜 이시영 씨 이야기 안 해?" 하며 그를 기억하게 한다.

나이가 비슷하고, 섬진강을 낀 정서가 비슷해서인지는 몰라도 내가 만난 서울 사는 시인들 중에 그와 가장 많이 만났다. 지금 생각해 보면 그 어느 해 여름, 먼 들길을 걸어 나를 찾아와 그 따가운 햇살 아래 서 있던 이시영, 그것이 아마 진짜 그의 모습이 아니었는지.

나의
세 친구와
석사 교사에게

—

고

형

렬

나는 어렸을 때부터 글을 쓰고 싶어 했다. 왜 글이란 것을 쓰고 싶었는지는 지금도 명료하게 말할 수가 없다. 너무나 심심해서 견딜 수가 없어서 글을 쓰기 시작했다고 변명한 적이 있지만 틀린 말이 아니다. 지상의 천진한 존재들에게 지구를 경유하는 삶은 출발 전부터 문제가 있었으며 때로는 다른 세상으로의 도강처럼 여겨진다. 나는 언어 예술의 한 창조자(시인)로서 나만의 작은 그릇 하나를 가지고 싶었다.

　풀을 베다가 낫날에 상처를 입고 풀 냄새와 피 냄새를 맡은 소년의 마음을 우둔한 선생은 알 리가 없다. 문학은 그런 섬세한 상처와 기억 속에서 날카로운 풀잎의 색감과 유리창보다 단단한 마음을 잊지 않는다. 고교 시절의 수업과 관련하여 나에겐 잊을 수 없는 세 친구와 우스꽝스러운 교사 한 사람이 있다. 수업이랄 것도 없는 짧은 대면은 이 세 친구들과의 이별과 관련이 있다. 얼마 뒤 그들은 서울의 대학으로 갔고 나는 가출을 했다. 이상한 일이었다. 그 무렵 나는 위대한 스승을 만나고 싶은 꿈을 꾸고 있었다. 말하자면 나는 아버지를 버리고 다른 아버지를 가지고 싶었던 것 같다. 30년 뒤에 조용히 산중에서 혼자 버티며 세속에 나오지 않을 작정이었다. 얼마나 가소롭고 대단한 꿈인가. 마찬가지로 나는 마지막 날까지 나의 언어의 사숙(私塾)을 한 분 가지고 싶었다.

그런 선생이 없다보니 나는 학과 공부는 하지 않고 다른 책을 보고 돌아다녔다. 교과서처럼 재미없는 책은 없다. 나는 교과서가 지긋지긋했다. 글자도 크고 표지 디자인도 딱 질색이었다. 국정교과서란 것이 대개 그렇듯 억압적이고 교훈적이다. 겨울방학 때 새 학기 교과서라는 것이 학생들에게 배본되는데 그때는 끔찍했다. 명태 입찰을 하는 판장에서 아버지를 만날 땐 입장이 곤란했다. 통지표를 보이고 새 학기 책을 선친에게 검사받았다. 아버지는 교과서가 아주 새로워졌다면서 공부할 마음이 나느냐고 묻곤 했다. 교복을 입은 나를 아주 대견해하셨던 기억이 난다. 백마사진관 거리에 아버지가 보이면 뒷골목을 끼고 집으로 돌아왔다.

나는 몰래 철학서와 소설을 읽었다. 부모와 주변 사람들은 그런 나의 버릇을 방임할 리가 없었다. 2년 전 중학교를 졸업할 때 눈 내린 교문 앞에서 구입한 『설국(雪國)』이 있다. '작가'란 말은 그때 나에게 묘한 매력을 주었다. 그 소설을 나는 1년간 읽으면서 책을 까맣게 만들었다. 그 소설을 개작했다. 이런 표현은 이렇게 하는 것이 더 좋을 것이라 생각하면서 세월을 축내고 다녔다. 공부 성적이 학급에서 3등을 한 적 빼고는 거의 뒤쪽으로 밀려났다.

대학으로 가려는 친구들 가운데 세 친구가 지금도 내 마음속에 남아 있다. 강주덕, 이국헌, 김덕일.

이 중에 김덕일이는 나와 설악산 대청봉까지 같이 가곤 했는데 서울 강서구에서 전교조 초등교 교사로 일하다가 15년 전에 간암으로 세상을 떠났다. 그는 나에게 전화를 걸어 화곡시장 순댓국집에서 탁주를 사주곤 했다. 1년에 딱 두 번 정도. 한 번은 새 학기 시작되기 직전인 2월 말 찬바람 부는 봄날 어느 저녁 그리고 설악에 단풍이 들 무렵인 상달. 부친이 중앙극장을 운영했지만 가세가 기울어 서울로 못가고 강릉교육대를 나와서 사적으로 깊은 철학을 공부한 친구였다.

그도 아웃사이더지만 이국헌은 더했다. 그는 고대 법대를 나와 한동안 기업은행 본점에 다니다가 행방불명이 되었는데 미국에 건너가서 목사가 되었다고 한다. 의외였다. 1980년대 초까지 몇 번 만났지만 그는 늘 우울해 보였다. 내가 강원도 고성군 토성면사무소(천진소재)에 근무할 때 그는 말매미들이 귀 따갑게 울어대던 어느 여름날, 속초에서 7번 국도를 걸어서 면사무소까지 나를 찾아왔었다. 그의 집안은 원산인데 아버지가 돌아가실 때 나는 그의 곁에 붙어 서 있었다. 자식들은 아버지를 보내게 된다. 나도 아버지가 돌아가실 때 죽은 김덕일이가 상갓집에서 내 곁을 지켜주었다. 친구는 특별한 말도 없이 면사무소 앞에서 두붓국을 먹고 터덜터덜 걸어 내려갔다. 버스들이 그를 먼지 속에 가두면서 위태롭게 달려갔다. 왠지 그에게서 지독한 허무의 냄새가 풍겼다. 저만치 가다가 돌아서서 나에게 손을 흔들었다. 이국헌이는 내가 좋았던 모양이다. 그러지 않고서야 서울에서 방학하고 속초에 내려와 이곳까지 나를 찾아 걸어올 리가 없다. 그의 말은, '그냥 왔다'고 했다. 그때 그가 나에게 준 시집이 한 권 있는데 『황사바람』이다. 고대 선배가 준 시집이라고 했다. 후일에 최동호 시인의 첫 시집이란 것을 알게 되었다. 여동생과 함께 시청 앞 2층 양옥집에서 칼국수를 해서 팔던 친구네는 가솔을 이끌고 미국으로 건너갔다.

또 한 친구는 강주덕. 이 친구가 가장 골치 아픈 친구였다. 그는 고3 때, 자퇴를 해버렸다. 몇 달 출석을 하지 않았는데 나중에 입산한 것으로 알려져 학교가 떠들썩했다. 창가 뒷자리에서 아무도 몰랐겠지만 나는 아, 이 친구가 나보다 선수를 치는구나, 하고 연일 그를 기다렸다. 주덕이는 사색이 되어 붙잡혀 왔지만 열심히 공부해서 학과명도 야릇한 동대 인도철학과를 갔다. 나는 이 친구가 철학 교수나 중이 될 줄 알았다. 그러나 수년 뒤 그는 가스공사에 들어가 요직을

교과서처럼 재미없는 책은 없다.

나는 교과서가 지긋지긋했다.

글자도 크고 표지 디자인도 딱 질색이었다.

국정교과서란 것이 대개 그렇듯 억압적이고 교훈적이다.

두루 거치고 아주 높은 자리까지 올라갔다. 퇴직 얼마 전에 만났는데 그는 이미 건강도 좋지 않은 상태에다 예전의 모습이라곤 찾아볼 수가 없었다.

나는 이 세 사람이 문인이 될 줄 알았다. 그러나 다 다른 길로 가고 말았다. 이제 우리는 만날 수 없다. 그 사실 자체가 가슴 아프다. 누가 잘 되고 못 되고, 어디로 가고 무엇이 되었기 때문이 아니라, 모든 것이 사라졌다는 그 자체가 나를 슬프게 한다. 이 세 친구는 비록 문학을 하진 않았지만 그 무렵의 학생들이 가지는 독특한 무료와 권태의 냄새를 나에게 선물한 동지들이고 진정한 선생들이었다. 깊은 대화를 나눈 사이는 아니지만 서로 멀찍이 떨어져 있는 세 친구가 어떤 수업보다 선생보다 큰 인상과 영향을 나에게 주었다.

이제 재미없는 한 교사에 대한 이야기를 하자. 시골에 한 교사가 발령을 받아 서울에서 내려왔다. 결혼을 했다는 말도 있었고 잠시 속초에 요양하러 내려왔다는 말도 떠돌았다. 학자풍이었다. 주말에 자료를 찾으러 서울로 간다고 했다. 박사 학위를 받으려고 성경의 어느 문학적 부분의 가치를 연구한다고 했다.

나는 이 학사 선생에게 깜빡 죽었다. 시골 학교에 대단한 분이 내려온 것이 너무나 신기했고 갑자기 자부심이 발동했다. 문학 석사란 말도 그때 처음 들었다. 시골 아이들은 석사가 대단한 것인 줄 알았다. 박사 밑에 석사가 있는 줄도 몰랐으며 문학 석사를 본 것은 그때가 처음이었다. 그 통통한 교사는 뭔가 달랐다. 정통으로 공부한, 가짜가 아닌 정식 석사란 말이 소문의 날개를 달고 돌아다녔다. 그 석사는 자신도 모르게 점점 대단한 인물이 되어갔다. 모두 그 선생과 이야기하고 싶어 했지만 아무도 그에게 감히 다가가지 못했다.

그에겐 시골 선생한테선 볼 수 없는 묘한 여유와 신비감과 미소가 있었다. 지나가면서 시골 학생들과 눈을 마주치면 말없이 계속 미소를 짓기만 했다. 두꺼운 뿔테 안경을 쓴 지적인 모습은 문학 박사가 되고도 남을 풍모였다. 걸음걸이 자체가 시골 선생들하곤 영판 달랐다. 아주 천천히 걸어다녔고 서두르는 것을 본 적이 없었다. 어슬렁거리는 인도의 현자 같았다.

나의 '그날'이 왔다. 나는 석사 선생을 찾아갔다. 학과 교사가 아니라 문인인 그를 만나고 싶었다(그가 문학평론가란 말이 나돌았지만 정식 평론가는 아니라고들 했다. 설악산에 조오현 시인이 있고, 속초에는 문인이 없다고 했다. 아마 이 무렵 이성선 교사가 마악 시인으로 등단하려던 시기가 아닌가 싶다). 노심초사했다. 청천벽력의 소리를 들으려고 나는 한 시간을 밖에서 돌다가 그의 하숙집을 찾아 들어갔다. 그는 비교적 큰 정원을 가지고 있는 언덕 위의 하숙집에 유숙(留宿)하고 있었다.

세수를 마친 그는 나를 데리고 방으로 들어갔다. 그는 교실에서 본 선생이 아니었다. 안경을 벗고 있는 눈이 날카로웠다. 나는 3학년 1반 아무개라고 나를 소개했다. 놀란 듯 대뜸 왜 왔느냐고 물었다. 내가 원고를 하나 써가지고 왔는데 보아주세요, 하고 말했다. 이럴 때 장황하면 안 된다는 생각이 스쳐갔다. 가족에 대해, 특히 아버지의 직업과 이런저런 쓸데없는 것들을 묻더니 원고를 두고 가라고 하였다. 나는 원고를 내놓았다. 선생들은 원고를 내가 쓴 것만큼 정성껏 읽어주지 않을 거라는 생각이 들었다. 일주일 뒤, 문학 석사를 찾아갔다. 나는 그때 무엇을 써갔는지는 똑똑히 기억나지 않는다. 한 40매 정도의 단편이었을 것이다. 나는 멋진 산문가가 되고 싶었다.

문학 석사가 말했다.

"고형렬이는 글을 안 쓰는 것이 더 좋겠구나. 다른 방향으로 진로를 바꾸어 나가는 것이 어떻겠니(순간 나는 외쳤다. 말도 안 되는 말인데). 문과를 가려면 내가 추천할 수도 있지만 글이란 소질이 있어야……(없다는 뜻이군)."

나는 처음 여기서 무너졌다. 이것이 나의 잊을 수 없는, 쓰디쓴 짧은 첫 키스였다. 나는 영어 문법이나 수학 조합을 못 풀어도 괜찮았다. 자존심을 다치지는 않았다. 그러나 내가 가장 하고 싶은 일이 이렇게 평가되었을 때 나는 갈 곳을 잃고 말았다. 꼭 가야 하는데 갈 수 없다고 말하는 이 석사는 대체 누구인가. 학생의 꿈을 저렇게 말할 수 있을까, 하는 생각이 들었다. 나는 상상도 할 수 없는 쇼크를 받았다. 도대체 내가 할 수 있는 것은, 꿈꾸는 것은 글밖에 없는데 이제 나는 어떻게 되는 거지. 나는 나의 원고를 가지고 집으로 돌아왔다. 돌아오면서 나는 한 번도 내 주변의 바깥을 살피지 못했다. 어느새 내 골방에 와 있었다.

그 후의 이야기는 생략하자. 아무튼 나의 세 친구들은 그 후의 나의 행적에 대해 알지 못한다. 그들은 어쩔 수 없는 사회의 예정된 길(서울)을 향해 갔고 나는 전적으로 문학이라는 의문(疑問)의 길로 빠져들어가고 있었다. 이 짧고 묘한 상담은 3년의 마지막 학창 시절에 지독한 쓸쓸함을 남겼다. 나는 이것을 자주 중대한 수업이라고 믿었다. 문학은 나에게 한 번 해보는 상시(嘗試)가 아니라 실존적 결정이 되었다. 결국은 그 석사 교사 때문에 문인이 되었지만 그 후 위험천만의 독학과 반복의 매진이랄까, 통제된 자시(自視) 속에는 늘 그의 비정상적인 충고가 가시를 뻗친 고슴도치처럼 내 안에 나타나곤 했다.

자기 형식의 그릇을 갖는 것은 어려운 일이었다. 나만의 먼 길을 찾아 방황하면서도 나를 한 번도 버리지 않고 다듬으며 안팎의 경계를 드나들었다. 하숙방에서 혼자 절치부심하던 어느 날, 나는 갑자기 시인으로 등단했다. 나는 나 자신에 대해 처음 놀랐으며 자아의 표현을 내부적으로 인정하게 되었다. 남들은 어떨지 모르겠지만 적어도 나에게 등단이란 대단한 것이었다.

벌써 나의 사적인 이 기이한 짧은 만남이 있은 지 40년이 지나갔다. 진로를 바꾸지 않은 나를 돌아보면서 시업이 농이나 덕담을 하자는 것이 아닌, 시를 따라가는 작품을 쓰기를 바란다. 내가 글을 쓰지 않았다면 이 역시 상상할 수 없는 일이며, 시인이 되지 않았다면 이역시 내가 무얼 하고 살아가고 있을지 전혀 알 수가 없다. 그 후 나는 나의 원고를 남에게 보여준 적이 거의 없었다. 그러니 얼마나 고쳐야만 문장이 거의 끝나가는 것인지를 알 수가 없었다. 고치고 고쳐야한다. 이것이 자존심이다. 그때 그가 따뜻한 말 한마디를 해주었더라면 얼마나 좋았을까. 코스모스를 좋아하고, 먼 길을 걸어서 학교에 다니던 그리고 구름과 바람을 벗하려는 학생에게 가혹한 말이었다.

"그래, 글 쓰려고? 작가는 혼자 길을 가는 사람이에요. 다른 많은 것을 하면서 가는 길이 아니에요. 문학은 끝없는 인내와 탐구고 상상이지. 세상에서 제일 멋진 일을 하려 하는군."

시골 학생에게 낡은 소설책 한 권을 줄 수 없었던 석사 교사였다. 문학은 지난한 것인 만큼 짧은 인생의 가장 의미 있는 장르다. 나는 지금도 그때 학창 시절의 외로움과 막막함으로 글 앞에 앉아 있다. 교복을 입고 있던 3학년 학생 고형렬이 어떤 길로 접어들든 문학을 포기할 순 없다. 이것이 그가 자신에게 한 첫 약속을 계속 지켜가는 일이다. 나는 가끔 나에게 말한다. 서두르지 말고 매일 돌을 탁마해야한다. 돌은 갈아야 한다. 이제 나에게 교실과 선생은 나밖에 없다. 지금까지는 동행이었다네. 의지할 데 없는 길을 가는 길이 자네의 진짜길이라네.

나의 불행한 수업은 일대일의 상담 속에서 절망으로 굴러 떨어졌던 문학 입문의 첫 번째 관문이었을 뿐이다. 이것이 척박한 시골에서내가 문학을 하게 된, 나의 세 선생 같은 친구와 한 석사 교사에 대한그 추억의 단편이다.

겨자나
와사비나

—

서
진
연

문학 하는 사람들에게 문학 수업 이야기처럼 식상한 이야기도 없다고 한다. 그러나 나 역시 한 번쯤은 하고 싶다. 문학 수업을 하던 시절의 이야기. 그 교실의 이야기.

　내가 언제부터 작가가 되기를 꿈꾸었는지는 모른다. 그러나 기억의 막다른 골목 구석구석까지 아무리 뒤져보아도 다른 꿈을 가졌던 흔적은 없다. 글자를 배우고 읽으면서부터, 어른이 되면 무언가가 되어야 한다는 것을 깨달으면서부터, 그 글들을 쓰는 사람들이 있다는 것을 알게 되면서부터, 이미 내 꿈은 막연히 글을 쓰는 사람이었던 것 같다. 초등학교 2학년 때 어린이대공원에서 실시하는 백일장에 내보내달라고 엄마를 졸랐고, 신춘문예라는 것에 처음 응모를 했던 것이 중학교 2학년 때였으며, 고등학교 때도 문예반에 들어가서 교실보다는 거의 동아리 반실에서 살다시피 했었으니까.

　살아가면서 그동안의 습작을 두 번 태웠다. 딱 두 번, 작가가 되겠다는 꿈을 포기했었다는 말이다. 십대 후반에 처음으로 손목을 긋기 전에 한 번, 이십대 중반에 임신한 몸으로 지금은 전 남편이 된 아이 아빠의 극도로 예민해진 신경증을 달래기 위해 또 한 번. 두 번 다 사진, 일기 등과 함께 태웠다. 단 한 장의 메모 쪽지도 남기지 못했다. 전자가 죽기 전의 치기 어린 정리였다면 후자는 살기 위한 준비였다. 결국 이혼을 결심하고 제일 먼저 한 것이 다시 두꺼운 노트를 샀던 일이었지만.

오랜 갈망에도 제대로 완성된 작품 하나 없이 33년을 살았다. 그저 갈망만으로, 죽기 전에 언젠가는 꼭 해야 할 숙제처럼 가슴 한쪽에 돌덩이 하나 얹어놓고 그렇게 살았다. 그리고 어느 날 검색을 통해 우연히 알게 된 사이트에서 이순원 선생의 함자를 뵈었다. 설마……, 하는 심정으로 그 언저리만 한참을 서성거렸다. 온라인 교실이었다. 사이트 게시판에 작품을 올려놓으면 순서대로 일주일에 두 번씩 밤 10시부터 12시까지 채팅으로 각각의 작품에 대한 합평을 하는 방식 이었다. 그 시간의 수업은 갈무리하여 파일로 정리한 뒤 다시 강의실 이란 게시판에 올려두는 듯했다.

강의실의 지난 파일만 들여다보다가 커다란 용기를 내어 들어갔던 첫 수업에서 〈비후는 처음이니? 그럼, 오늘은 참관만 하고……〉. 먼 곳의 등대 불빛 같았던 선생이 정말로 내게 말씀을 건네주고 계셨다.

수업이 끝나고 나서 정식으로 인사하고 이런저런 이야기를 나누다

보니, 20여 명쯤 되는 대부분의 사람들이 주부이거나 직장인들이라는 것을 알게 되었다. 그중에는 지금은 모 문예지로 등단해서 활발히 작품 활동을 하고 있는 현직 농협의 지점장도 있었고, 나중에 교실을 떠나면서 "정상에서 다시 만나자."라는 말을 비장하게(?) 남겨 포기하고 싶을 때마다 그 말의 힘에 붙들려 다시 일어설 수 있게 했던 잘나가던 정신과 의사도 있었고, 시차를 넘나들며 중국에서 접속하는 사람과 독일에서, 캐나다에서, 미국에서 접속하는 사람들도 있었다. 거의 모두가 오랜 시간 혼자 소설을 쓰다가 스스로의 한계에 지치고 외로움에 지쳤지만 따로 시간을 내어 공부를 하러 다닐 수는 없는 사람들이었다.

그러나 어찌 보면 쓰지 않고도 살 수 있는 사람들이었다. 살아가는 보람과 재미는 얼마든지 따로 있을 수도 있었다. 그러나 또 그들은 한결같이 말했다. 무엇을 해도 채워지지 않는 무언가가 있었다고. 꼭 무엇에 씌운 것만 같다고. 그래서 써왔고, 또 쓰고 있다고. '이런 세상이 있었구나. 나 혼자만의 갈망이 아니었구나. 모두들, 이렇게 열심히 살아들 가고 있구나.' 나도 이제는 내 인생의 숙제를 시작해야 하는 시간이 된 것 같은 기분이 되어 가슴이 벅차오르고 있었다. 선생의 닉네임은 '샘'이었다.

일단 시작은 했지만 일주일에 두 번씩 밤 10시의 수업 시간에 맞추어 책상 앞에 앉기 위해서는 그야말로 발바닥에 땀이 나도록 종종거려야 했다. 재혼을 하여 다시 한 남자의 아내가 되고 두 아이의 엄마가 되어 친정에서 분가한 지 채 1년이 안 되었을 때였다. 직장 생활을 하고 있었으며 아이들도 아직 어렸다. 7시에 퇴근해 와서 옷도 갈아입지 못한 채로 밥을 해서 먹이고 치우고 청소하고 아이들 숙제를 봐주고 씻기고 잠자리에 들게 하고 옆구리를 쿡쿡 찌르는 남편을 나몰라라 하고 책상 앞에 앉고는 했다.

합평은 신랄했다. 서로 얼굴 맞대지 않고 하는 채팅 수업이라 더 그럴 수 있었으리라. 반대로 서로의 표정이나 어감을 살필 수 없으므로 서로 불필요한 오해를 줄이기 위해서라도 정제된 문장으로 정리하여 올려야 했기 때문에 더욱 건조하게 느껴져서 그럴 수도 있었으리라. 그리고 한결같이 어쩜 그리도 잘 쓰는지 올라오는 작품들마다 놀라움의 연속이었다. 이미 출판된 웬만한 작품집들보다도 더 나으면 나았지 못하지 않을 것 같았다.

11월이 되면 다들 초죽음이 되었다. 12월의 신춘문예를 준비하느라 합평할 작품들도 밀려 있었다. 일주일에 세 번, 어떨 때는 네 번씩 합평이 있었다. 이틀에 한 번 꼴이었으니 완전 강행군이었다. 일에 살림에 합평에 습작에 필사에, 잠 한 번 제대로 자보는 것이 소원이었던, 이름하여 죽음의 11월. 그리고 그것보다도 더 초조하게 보내야 하는 12월의 크리스마스와 참혹한 질투에 정말로 죽고만 싶었던 1월 1일자 신문들.

두 달에 한 번씩 하는 오프 모임은 선생의 오랜 단골집인 인사동의 '누님 손칼국수'에서 했다. 적을 때는 20여 명, 많을 때는 30여 명이 옛날식 한옥을 개조한 그 집의 커다란 방 하나를 차지하고 앉아 권커니 잣거니 그동안의 원수를 서로 술로 갚았다. 모임에 처음 나간 날 나는 샘의 폭탄주를 감히 사양하지 못해서 연거푸 몇 잔을 받아 마시고 방의 한쪽 구석에서 두 시간 동안이나 장렬히 전사했다가 일어났다. 물론 지금은 내가 술을 잘 마시지 못한다는 것을 아는 샘은 술을 절대 안 권하신다. 오히려 내가 마시려고 해도 말리신다. 성질 나쁜 제자, 주정 받아주기 힘들다고. 그 주정들은 특히 12월이면 심해졌다. 그럴 때마다 샘은 샘의 문청 시절 이야기를 들려주시곤 했다.

"난 아홉 번 떨어졌어. 아홉 해를 떨어졌다고. 그래서 내 청춘에 크리스마스랑 신정 연휴라는 게 없다. 술 먹으면서 다 보냈거든. 맨 정신으로 깨어 있은 적이 없다는 거지. 그러니 니들은 아직도 멀었다."

위로를 해주시는 건지 절망을 안겨주시는 건지 헷갈렸지만 아무튼, 나이의 많고 적음이나 선생과 제자의 구별도 없이 내 마음 네가 알고 네 마음 내가 알지, 왁자하게 웃고 떠들다가 2차에 3차에 걸쳐 밤새도록 인사동 바닥을 휩쓸고 다니다보면 어느새 새벽이 되어 있기 일쑤였고 당장이라도 불후의 명작을 써서 남길 수 있을 것 같은 기분에 들떠서 되돌아올 수 있게 되곤 했다. 그 교실의 대부분 사람들이 그러했지만 직장 생활에 살림에 아직 어린 아이들과 일주일에 두 번의 수업과 습작과 필사, 그렇게 5년을 살다보니 회사의 회식 자리도 꿈꾸어볼 수 없는 나에게 그 두 달의 한 번은 유일한 바깥나들이가 되어 있었다.

신입생 시절 공부만 하기로 결심했던 학생들도 서로 친근해지고 하늘 같았던 선생님도 슬슬 만만(?)해지기 시작하면 슬금슬금 사고를 치게 되던 학창 시절처럼, 나이가 적으나 많으나 교실이고 수업이니 마음들은 다 같았던 모양이다. 공부도 공부지만 수업 시간의 백미는 역시 쪽지 돌리기와 도시락 까먹기. 여느 채팅방과 마찬가지로 교실에도 일대일 귓속말 기능이 있었다. 교탁 앞의 선생님 몰래 노트 귀퉁이를 찢어서 적은 쪽지를 돌리듯 수업 중간 중간에 귓속말을 주고받는 재미가 쏠쏠했다. 가끔씩 귓속말 설정을 잘못해서 새는 일(모두 공개로 채팅창에 떠워지는 일)도 있었으니 잠깐 칠판 쪽으로 돌아선 선생의 눈을 피해 돌돌 뭉친 쪽지를 던지던 스릴에 비할 바가 아니었다.

두세 시간씩 이어지는 수업이니 바짝 긴장하고 앉아 있다가도 조금 느슨해지면 간간이 화장실도 다녀오고 세수도 하고 오고 밥도 갖다 놓고 앉아 채팅창을 들여다보며 먹기도 했다. 그런데 어느 날 내게로 오던 귓속말이 한참 수업 중인 채팅창에 공개로 떠버린 일이 있었다. 이미 그 교실 2년차이던 그녀는 그때 수업 창 옆에 모 사이트의 고스톱 창을 띄워놓고 있었나보다.

〈동백 : 에이씨, 쌌다!〉

신랄하게 설전 중이던 교실이 완전히 뒤집어졌다. 샘도 너무 어이가 없는지 야단도 못 치고 그저 웃기만 하셨다. 수업이 끝난 뒤, 게임으로 하는 고스톱도 재미있느냐, 그 사이트가 어디 있느냐, 하며 샘도 그 사이트에 대해 배워가셨지만 그날 이후 수업 중 불심검문은 더욱 심해졌고 우리는 자리를 비우지도 무얼 먹지도 못했다. 어쩌다 한눈을 팔았다가도 혹시나 있었을 샘의 불심검문을 찾아 채팅창을 마우스로 끌어올려 훑어보기 바빴다.

그런데 어느 날인가는 내가 또 실수를 하고 말았다. 그날 역시 옷도 못 갈아입고 세수도 못하고 책상에 앉은 날이었다. 몸의 상태도 말이 아니었다. 거의 끝날 무렵 잠깐 자리를 비운 사이에 교실의 상황은 자못 심각해져 있었다. 한참 샘이 주르륵 총평을 올리고 계셨고 합평 받는 친구만이 대답을 하고 있었다. 다들 숙연하게 경청하는 분위기. 언제나 합평 받는 사람의 글자색은 초록, 샘의 글자색은 파랑이었다.

〈비후 : 세수하고, 쉬~ 하고, 스킨 바르고, 눈에 안약 넣고…… 감기약하고 갈근탕을 챙겨들고 다시 앉았음.〉

다른 모든 사람의 글자색은 검정색. 그러므로 채팅창으로 샌 내 글자색 역시 검정색. 파랑과 초록 사이에 뜬 검정색! 그날 나는 맞아 죽을 뻔했다. 합평 받던 그 친구에게. 그날 이후 다른 친구들은 수업 시작하기 전에 꼭 한 번씩은 물어왔다.

〈레리 : 비후는 준비 다 된 거지? 쉬~도 하고 온 거지?〉

그러나 선생은 그날도 달리 물으셨다. 역시나 귓속말로.

〈샘 : 몸이 많이 안 좋은 거냐?〉

한 번은 또, 지금은 제법 이름이 오르내리며 자기만의 세계를 착실히 구축해가고 있는 한 친구의 작품 합평 중에 '냉면에 넣은 와사비'가 논란이 된 적이 있었다. 와사비(고추냉이)와 겨자를 착각한 것 아니냐, 그렇지 않다 와사비가 맞다, 설전이 오갔는데 그때부터도 이미 탄탄하게 잘 쓰고 있던 친구였던지라 그런 실수를 했다는 것이 다들 믿기지 않는다는 반응이었지만 그 친구는 계속 갸우뚱거렸다. 결국 그 친구의 집에서는 어렸을 때부터 냉면에 꼭 고추냉이를 넣어 먹어서 냉면에는 원래 고추냉이를 넣는 것인 줄 알았다는 것으로 결론이 났고 샘이 "겨자나 와사비나, 그게 그거라는 거지 뭐."라고 정리하셔서 다들 또 한 번 뒤집어지게 웃었다. 그 뒤로 우리 교실의 별칭은 '겨자나 와사비나'가 되었다.

그러나 샘은 문장에 대해서만은 혹독하셨다. 첫 작품을 합평 받고 문장으로 처참하게 깨지게 된 뒤 홀로 산에 들어가 도를 닦는 심정으로 수업도 빼먹고 펜을 들어 필사를 시작했다. 개근상 타겠다며 절대 수업을 안 빼먹던 내가 수업에도 안 나오니 걱정이 되셨던 모양이다.

"얘 어디 가서 쥐약 먹고 죽었나보다. 연락 한 번 해봐라."

농담이지만 농담이 아니었다. 자기 글의 합평이라는 것을 받아본 사람은 알 것이다. 처참하게 깨지고 나면 다들 아비의 원수를 갚기 위해 칼을 갈며 도를 닦는 심정, 딱 어디 가서 쥐약이라도 먹고 죽어버리고 싶은 심정이 된다는 것을. 샘의 중편 「은비령」의 필사를 마친 난 '미련곰탱이'라는 별명을 얻었다. 원고지로 450매짜리였다.

채팅으로 수업을 하는 방식이 어떤 면에서는 문장에 대한 훈련도 되는 듯했다. 자기의 주장을 펼치고 상대를 효과적으로 설득하기 위해서라도 빠른 시간에 정제된 문장으로 다듬어서 올려야 했다. 말로 하고 사라지는 수업이 아니라 나중에 강의 파일로도 남게 되기 때문에 내가 써서 올린 짧은 문장을 다시 들여다보며 내 문장의 습관들을 파악하게 되기도 했다.

신문으로든 문예지로든 해마다 한두 명 이상씩은 꼭 등단을 해서 나갔다. 그리고 2006년 그해의 신춘문예 당선 소감에도 '겨자나 와사비나 친구들 고마워.'라는 문장이 세 번이나 들어갔다. 나를 포함해 세 명의 친구가 등단이라는 것을 하게 된 것이다. 샘이 "나는 더 이상

지적할 것이 없다."라고 말씀하셨던 그 작품이었고, 한두 번 떨어진 뒤 오기가 뻗쳐 그 작품 그대로 토씨 하나 고치지 않고 응모하기 시작한 지 4년 만의 일이었다.

관행대로 나는 그날로 교실에서 쫓겨났다. 이제 라이선스(?)를 얻었으니 스스로의 글에 대한 책임을 져야 한다는 것, 이제 자신의 글과 자신의 길을 스스로 만들어가야 한다는 것 그리고 등단한 친구가 교실에 남아 있으면 다른 친구들이 기가 죽어서 안 된다는 것. 그것은 단 한 번의 예외도 없었던 샘의 절대 원칙이었다.

등단이라는 것을 해놓고도, 내 평생의 꿈을 향해 커다란 보폭을 성큼 내디뎌놓고도 나는 오히려 패닉 상태에 빠져버렸다. 5년 동안이었다. 일주일에 두세 번씩 밤 10시에 책상 앞에 앉으면 내 오랜 친구들이 거기에 있었다. 은비령에 갔던 날 밤 눈밭에 두 팔을 벌리고 벌렁 누워 "온 우주의 별들이 나를 향해 쏟아져 내린다."라고 멋들어지게 읊조리던 아나키스트 썸이, 인사동 지하철역에서 내려진 철문에 기대어 앉아 첫차를 기다리며 술 취해 쏟아내던 내 지난 이야기들을 묵묵히 들어주고 봉평의 달빛에 취해 게슴츠레한 눈으로 뿅브라한 내 가슴을 내려다보며 "그거 다 니 꺼니?" 하고 말하던 해병이, "당신들은 나를 잊어도 나는 당신들을 못 잊어."라고 부르짖던 홍천의 레리가, 술만 취하면 누구의 핸드폰이든 뺏어 쥐고 인사동 어느 바닥으로

든 스며들어 밤새 찾으러 다니게 만들던 겨울이가, 새벽 3시까지 교실을 지키고 앉아 세상 사는 이야기 소설 쓰는 이야기를 나누었던 사월이가, 모두들 마우스로 클릭 몇 번 하면 들어갈 수 있는 그 교실에 옹기종기 모여 앉아 있었다.

양평밸리에서 천장의 유리창으로 비치는 별빛을 바라보며 나비야 나비야 고운 노래를 부르던 잎, 남들 1박 2일 MT 가는데 혼자서 김해에서 출발하여 2박 3일의 여정으로 손수 만든 김부각에 깻잎부각 등을 바리바리 싸들고 와서 나눠주던 동백, 어느 날 시집가더니 슬그머니 사라져버린 문……. 이미 내겐 다른 친구들이 없었다. 그 시간을 달리 어떻게 써야 하는지도 잊었다. 습관처럼 그 시간이면 책상 앞에 앉아 그 사이트의 언저리를 배회했다. 눈앞에 아른거리는데도 부를 수 없고 만질 수 없는 연인을 바라보고 있는 듯한 심정에 빠져서.

3년여가 지난 지금도 나는 그 교실이 그립다. 막막한 백지를 앞에 놓고 절망에 빠질 때마다 "달빛도 없고 별빛도 없는 캄캄한 밤길에 성냥 한 개비 켜서 한 발자국 걷고 또 성냥 한 개비 켜서 한 발자국 걷는 심정을 글을 쓰는 것."이라고 위로해주시던 샘의 말씀처럼 성냥 불빛이 꺼질 때마다 나는 그때 그 시절의 신랄했던 내 친구들이 생각나고 그리워진다. '겨자나 와사비나' 내 친구들, 그 교실이.

신학과 강의실의
문학 수업

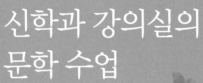

이

승

우

어떤 문학 행사에서 한 독자로부터 신학을 전공한 사람이 어떻게 소설가가 되었느냐는 질문을 받은 적이 있다. 여러 해 전 일이다. 나는 내가 아는 소설가 가운데는 대학에서 낙농학을 공부한 사람이 있고 기계공학을 공부한 사람도 있다, 낙농학이나 기계공학을 전공한 사람이 소설을 쓰는 것보다 신학을 전공한 사람이 소설을 쓰는 것이 덜 이상하지 않느냐고 웃으며 반문했다. 그러고 나서 내 경우는 사실 신학을 공부했기 때문에 소설을 쓰게 된 것이라고, 내가 젊은 시절에 공부한 신학이 방해가 아니라 도움을 주었다고, 신학 공부를 하지 않았다면 소설가가 되지 못했거나, 적어도 지금 내가 쓰고 있는 것과 같은 소설을 쓰지 못했을 거라고, 그러니까 내 문학은 신학에 크게 빚을 지고 있는 셈이라고 웃지 않고 말했다. 진심이었고, 그 발언을 한 때로부터 시간이 많이 흘렀지만 그 생각은 바뀌지 않았다.

물론 질문의 핵심을 비껴간 대답이라는 건 안다. 내 대답은 신학을 전공한 사람이 소설가가 된 데 대한 대답은 몰라도 신학자나 목회자가 되지 않은 데 대한 설명은 되지 않는다. 음악을 전공한 사람이 좋은 작곡가가 되거나 좋은 연주자가 되는 것이 마땅하고 자연스러운 것처럼 신학을 공부한 사람이 좋은 신학자나 좋은 목회자가 되는 것이 마땅하고 자연스럽긴 하다. 그러나 사람의 운명이 늘 그렇게 마땅하고 자연스러운 길로만 열려 있지 않다는 걸 우리는 알고 있다. 마땅하지 않고 자연스럽지 않은 길을 거쳐 더 좋은 길에 이르기도 하는 것 같다. 이를테면 소설 창작의 길이 그렇다. 국문학이나 문예창작 전공자가 소설을 쓰는 것은 마땅하고 자연스럽지만 다른 전공을 한 사람이 그 공부를 바탕으로 소설을 쓴다면 더 낫다는 것이 내 생각이다. 활용할 수 있는 연모가 많을수록 그리고 그 연모가 다른 사람이 가지고 있지 않은 것일수록 유리한 영역이 소설 창작이니까. 내 대답은, 말하자면 그런 수준의, 아주 일반적인 이야기였다.

하지만 튼튼하고 활용도 높은 연모로 쓰기에 나의 '신학'은 너무나 빈약했다. 나는 수업을 착실하게 듣고 공부를 열심히 하는 성실한 학생이 아니었다. 게다가 거의 매학기 휴교령이 내려져 공부를 하고 싶어도 제대로 깊이 하기가 어려운 시절이었다. 그런 내가 1981년, 3학년을 마치고 휴학 중에 소설가가 되었으니 그때 신학이라는 학문의 맛을 제대로 알았을 리 없고, 따라서 그 영향 아래서 소설을 썼다고 말하는 게 여간 민망하지 않다. 피부에 아주 조금 묻어 있었을지

몰라도 속에 스며들기야 했겠는가. 속에 스며들지 않고서야 소설의 몸으로 구현될 수 있었겠는가. 그러니 아무래도 내 첫 소설의 동력은 신학의 활력보다 신학과 강의실에서 받은 문학적 자극이었다고 말하는 것이 합당할 것 같다.

이십대 초반의 얼치기 신학생에게 문학적 영감을 불어넣고 소설 창작에 대한 의욕을 불러일으킨 것은 뜻밖에도 신약신학 강의실이었다. 신약학에 특별히 흥미를 느꼈던 것은 아니다. 신약성경은 헬라어로 기록되어 있기 때문에 신약학에 흥미를 가지려면 기본적으로 헬라어를 알아야 하고, 헬라어를 익히려면 다른 언어와 마찬가지로 꾸준하고 성실한 공부가 필요하다. 나는 꾸준하고 성실한 학생이 아니어서 헬라어 공부를 제대로 하지 못했고, 헬라어가 자신 없어 신약학과 친할 수 없었다. 그런데도 나는 신약신학에 관련된 모든 과목을 거의 수강했고, 헬라어를 잘할 줄 모르는데도, 이건 확실하지 않지만, 대부분 좋은 학점을 받은 것으로 기억한다.

해당 과목에 대한 관심이나 강의하는 교수의 학문적 깊이에 매료되어 거의 모든 과목을 수강한 것이 아니라는 사실을 밝히면 선생께서는 좀 섭섭해할지 모르겠다. 하지만 내 말의 핵심은 수강자인 나의 주된 관심이 강의자의 학문적 깊이에 있지 않았다는 것이지 그분의 학문적 깊이를 의심했다는 뜻은 아니다. 깊이를 의심할 만한 깊이가 나에게는 없었고, 그럴 만큼 적극적이지도 않았다.

　나를 매료시킨 것은 선생이 구사하는 언어였다. 선생은 말을 할 때도 만연체의 문장을 선호했고, 화려한 비유와 역설적인 표현을 즐겼다. 형이상학적 용어들이 시적인 비유와 결합하여 독특한 멋을 자아냈다. 긴 수식어들과 장식적 표현을 거느리지 않고 제시되는 문장은 거의 없었다. 선생은 예수님이 하나님의 나라를 전하기 위해 사용했던 많은 이야기들과 비유들과 상징을 떠올리게 했다. 예수님은 하늘에 나는 새를 보고 들에 핀 백합화를 보라고 말했다. 새들은 심지도 않고 거두지도 않고 창고에 모아들이지도 않지만 하늘 아버지께서 기르신다고 말했다. 강도 만난 사람 이야기를 하고, 씨를 뿌리는 농부를 빗대어 교훈했다. 성전을 헐면 사흘 만에 다시 지으리라고 말할 때는 성전을 자기 몸의 상징으로 사용했다. 선생은 예수님에 대해 가르치면서 예수님의 방법을 사용했다. 그분은 이마를 찌푸릴지 모르지만, 나는 선생을 수사학의 대가라고 평가한다. 선생의 표정과 강의실 분위기는 언제나 심각하고 진지했지만 강의가 결코 딱딱하거나 지루해지지 않았던 것은 선생의 그 수사학 때문이었다고 나는 생각한다.

　선생의 매력은 강의실에서만이 아니라 채플에서도 유감없이 발휘되었는데, 특히 선생이 대표 기도를 할 때 나는 눈을 감은 채로 예배당의 높은 천장으로 날개 달린 듯 날아오르는 그 아름다운 언어의 향연을 은밀히 즐기곤 했다. 지금도 마찬가지지만 알맞은 기도의 언어를 찾지 못해 더듬거리거나 중언부언하며 식은땀을 흘리기 일쑤이던 그 시절의 나에게 유려하면서도 세련된 선생의 기도는 부러움과 시기의 대상이었다. 막힘없이 기도의 문장을 이어나가기도 어렵지만, 누구나 빈번하게 사용하는, 단순한 관용어들의 결합에 불과한, 판에 박은, 일종의 클리셰를 피해 기도하는 건 더 어렵다. 물론 이 견해에는 예상되는 이견이 있을 수 있다. 기도는 하나님께 진심을 드리는 것이고 영혼으로 하는 것이므로 세련된 언어 구사를 추구해서는 안 된다는 생각. 동감한다. 그렇지만 세련된 언어 구사에는 진심이 담기지 않고, 세련되지 않은 언어에만 진심이 담긴다고 생각할 수 없다. 오히려 판에 박힌 관용어들을 기계적으로 나열하는 기도 속에 영혼과 진실이 담길 수 있는지 의심스럽다. 찬송과 마찬가지로 기도 역시 하나님께 드려지는 것이라면 의식이 동반되지 않은 자동 발화가 아니라 고르고 추려낸 언어 다발을 바치는 것이 더 향기로울 것이다.

어떤 학생들, 이를테면 효율을 최고의 가치라고 생각하는 실용주의자들에게는 그들이 무가치한 거품이나 불필요한 장식으로 치부하는 선생의 비유와 역설, 그 수사학의 넝쿨에 걸려 그 안에 담겨 있는 보화를 들여다보지 못하는 불운이 일어나기도 했다. 아주 드물지만, 그런 이들은 선생의 언어와 문장에 대한 관심을 그 내용을 제대로 파악하지 못하게 하는 무가치하고 해로운 장애물인 것처럼 대했다. 그들은 비유와 역설이 내용과 동떨어진 단순한 겉치레 장식품이 아니라 내용을 더 정확하고 풍부하게 이해하게 할 뿐 아니라 내용과 단단히 결부되어 있어 분리하기가 쉽지 않다는 것을 알지 못했다. 그들은 비유가 아니면 아무것도 말씀하지 않으셨던(마태복음 13:34) 예수님을 이해하지 못했다. 당시의 어떤 선생과도 같지 않게 말했던 예수님을 알지 못했다.

선생의 문장에서 내용과 내용에 붙은 장식을 분리해내려다 실패한 이들은 의미를 파악하지 못하고 아주 공허한 답안지를 내거나 엉뚱한 작문을 해서 선생을 실망시켰다. 그렇지만, 처음부터 선생의 수사학에 매료된 나 같은 학생들은 비유와 역설이 가득한 선생의 문장에서 내용과 내용에 붙은 장식을 분리해내려는 시도를 하지 않았는데, 내용이 장식 속에 따로 있는 것이 아니라 장식과 내용이 한데 엉겨 있으므로 떼어내려고 할 필요가 없으며 그럴 수도 없다는 사실을 거의 본능적으로 알고 있었기 때문이고, 그 덕택에 선생이 만족할 만한 답안지를 쓸 수 있었다.

선생은 또한 수업 내용과 무관한 분야에서 독특한 취향을 드러내곤 하셨는데, 이를테면 사진 예술과 캐논 카메라의 우수성에 대한 설명을 여러 차례 들은 기억이 난다. 실제로 선생은 취미로 사진 촬영

나를 매료시킨 것은 선생이 구사하는 언어였다. 선생은 말을
할 때도 만연체의 문장을 선호했고, 화려한 비유와 역설적인
표현을 즐겼다. 형이상학적 용어들이 시적인 비유와
결합하여 독특한 멋을 자아냈다. 긴 수식어들과 장식적
표현을 거느리지 않고 제시되는 문장은 거의 없었다.

을 즐겼다. 사진에 대해 아는 게 없는 데다가 관심도 생기지 않던 시절이라 그분의 설명을 거의 알아듣지 못했지만, 나는 선생의 사진 작품에 문학이 담겨 있는 걸 보았다. 가령 치솟는 분수의 물줄기를 교회당의 십자가 탑과 조합한 흑백사진을 볼 때 선생이 그 구도를 통해 말하려고 하는 상징이 무엇인지 알 것 같다는 생각을 했었다. 사소한 가르침이 더 오래 남는다는 말은 아마 맞는 것 같다. 지금 나는 캐논 카메라를 쓰고 있다.

진공 외의 어떤 주제에 대해 두 시간 이상 이야기할 수 있어야 한다는 말도 자주 하셨는데, 자칫 지나치게 엄숙해지거나 무미건조해질 수 있는 신학생들에게 취미와 교양에 대한 관심을 불러일으키려는 선생의 의도를 어렵지 않게 읽을 수 있었다. 황석영 선생의 『어둠의 자식들』을 읽게 한 분도 선생이었다.

돌이켜보면, 게걸스러운 독서 외에 특별한 문학 수업이 없었던 나에게 선생은 의도하지 않은 방식으로 문학 수업을 시킨 셈이다. 구령(救靈)에 대한 소명 의식이 아니라 문학적 자극을 제공한 신학과 전공 강의가 바람직한지 말할 수 없다. 하지만 선생의 강의를 들은 모든 학생이 문학을 향해 달려가는 일은 일어나지 않았다. 다른 학생들이 문학적 자극을 받은 것은 아니라는 뜻이다. 제자들의 설교와 목회 그리고 학문에 상상력을 불어넣고, 적절하고 개성 있는 언어를 구사하는 일의 중요함을 일깨우려는 것이 그분의 의도였음을 안다. 설마 자신의 강의를 듣는 학생이 소설가가 되기를 바랐겠는가. 하지만 나는 선생의 수업을 들으며, 선생의 의도와는 상관없이, 신학과를 택하면서 뒤로 던져두었던 문학에 대한 열정을 회복했고, 데뷔작이 된 나의 첫 소설을 쓸 때 선생의 인상적인 캐릭터를 작품 속 한 인물에게 부여했다. 그분을 아는 사람이라면 누구나 내 작품 속에 그려진 교수가 선생이라는 걸 알아보았다. 선생 자신도 알아보았다. 외도를 하는 것 같아 나는 내심 조금 우려했는데, 선생은 흐뭇해하셨다. 소설가 제자를 한 명쯤 둔 것이 나쁘지 않은 듯했다.

몇 해 후에 나는 나의 결혼식 주례를 부탁했고, 선생은 흔쾌히 응하셨다. 주례사의 제목이 '크리스천의 결혼관'이었는데, 결혼식장이 10년 전의 강의실처럼 여겨져서 혼자 속으로 웃음을 참았던 기억이 난다.

BLACK
COFFEE
DAY

—

해

이

수

혹자가 듣기에는 언뜻 이해할 수 없는 연상일지 모르겠지만, 나는 '블랙커피'를 보면 바로 '단풍'이 떠오른다. '단풍' 하면 곧이어 '서정주'가 생각나고 '서정주' 하면 '우는 여인'이 눈앞에 나타난다. 간혹 기억의 날씨가 드물게 청명한 날에는 내 대학 생활 최초의 F학점에까지 시야가 닿기도 한다.

　네 낱말 중 어느 것이 먼저여도 상관은 없다. 블랙커피…… 단풍…… 서정주…… 우는 여인…… 그 단어들은 나를 번쩍 안아 올려 대학 1학년 가을 어느 날의 도서관 열람석에 사뿐히 앉혀놓는다. 그리고 내 주위를 둥글게 에워싸고는 조금은 쓸쓸한 표정이거나 아쉬운 느낌으로 서로의 손을 꼭 붙잡는 것이다. 마치 서로 끊기지 않으려는 기억의 바통처럼…….

*

　누군가가 울고 있다, 라는 사실을 깨달은 건 20분이나 지나서였다. 그러니까 열람석 의자에 앉은 뒤 무려 20분 동안 나는 그 사실을 전혀 몰랐다는 뜻이다.

중간고사 준비를 위해 도서관 열람실의 문을 열면서 나는 기왕이면 창가 쪽에 앉기를 원했다. 그 자리는 잘 다듬어진 초록의 잔디 위에 곱게 물든 단풍이 환히 내다보이는 나만의 명당이었다. 무엇보다 볕이 잘 들어서 얕은 졸음이 밀려들 만큼 아늑한 곳이었다.

그러나 그 자리엔 이미 누군가가 앉아 있었다. 그야말로 20분 전의 이야기다. 나는 한 시간 안에 시 세 편을 외워야 하는 무거운 부담을 안고 있었다. 시 한 편당 20분씩, 20분씩, 20분씩, 세 편을 외우면 시험 준비는 그야말로 끝이었다. 한 시간 후에는 전공 과목인 '현대시 강독'의 중간시험이 있을 예정인데, 나는 이미 어떤 문제가 출제되리라는 정보를 선배에게서 입수한 상태였다.

'다음 詩人의 詩 全文을 쓰고 그 詩의 特質을 論하라.' (5명 중 택 3명)

선배에 의하면 이 문제는 지난 10년 동안 토씨 하나 바뀐 적이 없다고 했다. 그야말로 국문학과 시험다운 '고루·단순·지루함의 전형'을 보여주는 문제였다. 시험 시간에는 다른 자료들을 참고할 수 없기 때문에 시의 전문을 쓰기 위해서는 무조건 외우는 수밖에 없었다. 나는 그동안 공부한 일곱 명의 시인 중 세 명을 골랐다. 서정주, 박재삼,

김춘수.

먼저, 서정주의 「푸르른 날」을 한동안 입 속으로 중얼거리던 내가,

눈이 부시게 푸르른 날은
그리운 사람을 그리워하자

저기 저기 저 가을 꽃 자리
초록이 지쳐 단풍드는데

를 외우며 무심코 고개를 들어 창밖으로 시선을 던졌을 때였다. 그곳
엔 구름 한 점 없는 비취색 하늘이 펼쳐져 있었고, 햇살에 불붙은 단
풍 한 그루가 떨기나무처럼 노을빛으로 활활 타오르고 있었다. 그리
고 음악관 건물 한 모퉁이와 단풍나무 사이의 먼 지점에서 비행기 한
대가 아주 느리게 날아가고 있었다. 파스텔로 그리면 좋을 것 같은
아주 평온한 가을 정경이었다.

그때, 그 소리가 들려왔다. 그것은 마치 평상시 모르고 지내다가
어느 순간 감지되는 시계의 초침 소리와도 같았다. 신경을 모으면 모
을수록 그 울림은 점점 선명해지고 또렷해졌다. 그 소리는 바로 창가
쪽 내 옆자리에서 새어나오고 있었다. 나는 아주 조심스레 칸막이에

서 머리를 빼내어 그쪽을 보았다.

누군가의 몸이 개인 열람석의 3면 박스 안에 있지 않고 창(窓)을 향해 돌아앉아 있었다. 그런데 허리를 펴고 앉은 게 아니라 앉은 채로 허리를 접고서 토할 듯이 무언가로 입을 틀어막고 울고 있었다.

여윈 잔등 위로 도드라진 브래지어의 선이 아니었더라면 사춘기의 마른 남자아이라 착각할 만큼 성별을 구별하기 힘든 몸매였다. 여고생처럼 짧게 친 머리 밑단 아래로 창백한 목줄기가 드러나 보였다.

나는 두 번째 시, 박재삼의 「울음이 타는 가을 강」을 펼쳐놓고 20분간 그녀의 숨죽인 흐느낌을 들었다. 곧 그칠 것이라 여겼는데 그렇지가 않았다.

마음도 한자리 못 앉아 있는 마음일 때,

튀는 LP판처럼 나는 계속 시의 첫 줄만을 되뇌었다. 도무지 그다음 한 줄로 넘어갈 수가 없었다. 시계를 보니 시험 전까지는 20분밖에 남아 있지 않았다. 나머지 20분 동안 두 편을 외울 수 있을까? 어쩌면 외울 수도 있겠지. 혼자 묻고 대답하고는 자리에서 조용히 일어났다.

도서관 밖으로 나온 나는 현관 앞에서 담배 한 개비를 꺼내 불을 붙였다. 눈이 부실 만큼 하늘은 푸르고 깨끗하며 투명했다. 불어오는 바람결의 속살 어디에선가 박하향이 났다. 가을 패션으로 한껏 모양을 낸 여학생들이 한 무더기의 웃음을 흩뿌리며 내 앞을 지나갔다. 그들의 웃음소리는 매우 싱그러웠고 옷차림은 시선을 뗄 수 없을 정도로 아름다웠다. 도서관 열람실 구석에서 몸을 구부리고 앉아 입을 틀어막고 우는 여자와는 너무 달랐다.

이유도 없이 내 머릿속에서는 서정주의 '내가 죽고서 네가 산다면 네가 죽고서 내가 산다면'의 구절이 떠돌고 있었다. 내가 절반을 피우고 바람이 절반을 피운 꽁초를 재떨이에 비벼 끄고는, 그녀를 위해 무엇을 해줄 수 있을까를 잠시 고민했다. 그야말로 시험은 10분 앞으로 다가와 있었다.

나는 커피 자판기 앞으로 걸어가 동전을 넣었다. 10분 안에 두 편을 외울 수 있을까? 물론 없겠지……. 그리고 블랙커피 한 잔을 뽑아들고 열람실 안으로 들어갔다.

바라보기에 안쓰러울 정도로 그녀는 여전히 그 자세였다. 나는 용기를 내어 그녀의 등을 조심스레 노크했다. 구부러진 몸이 천천히 일으켜지더니 이윽고 그녀가 고개를 돌려 나를 바라보았다.

콧망울과 눈 주위가 노을빛으로 달아오르고, 눈동자엔 눈물이 그렁그렁 고여 있었다. 내가 커피를 내밀었을 때, 그녀는 그런 표정으로 나를 오랫동안 바라보았다. 그녀의 눈동자에는 여러 질문들이 힘없이 담겨 있었다. 나는 대답 대신 그냥 고개를 한 번 끄덕여주었다. 순간, 그녀의 한쪽 눈에 고여 있던 눈물이 볼을 타고 흘러내려 마른 입술을 적시며 떨어졌다.

마침내 팔을 뻗어 블랙커피를 받아든 그녀의 앙상한 손은 떨리고 있었다. 자칫하다가 나는 그 손을 꼭 감싸 줄 뻔했다. 다만 내 손에 기억된 종이컵의 따스함이 그녀에게 옮겨가기를 마음속으로 짧게 빌었다.

나는 곧바로 열람실을 나와 시험 장소로 갔다. 강의실에 도착하자 성질 더럽기로 소문난 조교 선생님이 감독관으로 들어와 눈썹을 꿈틀거리며 분위기를 험악하게 잡고 있었다. 10년 선배인 그는 부정행위 잡아내는 일을 인생 최대의 목표로 삼고 사는 사람이었다.

감독관은 책상을 정렬시키고 학생들을 재배열시킨 뒤 답안지를 추리는 동안 두 가지 사항을 힘주어 언급했다. 첫째, 이번 시험은 지난 10년간 출제됐던 문제 유형에서 '상당한 변화'가 일어났다고 했다. 선배들에게 힌트를 얻어 준비를 한 동급생들의 입에서 일제히 안타까운 탄성이 튀어나왔다. 둘째, 그러나 이번 시험은 지난 10년을 통틀어 '가장 쉽게' 출제된 만큼 커닝을 하다가 적발되면 가차 없이 응징하겠노라며 엄포를 놓았다. 그가 백묵으로 칠판에 시험문제를 휘갈겨 적자, 곳곳에서 안도의 숨을 내쉬었고 심지어는 낮은 환호성마

저 들려왔다.

'다음 5명의 詩人 중 1명을 골라 詩 全文을 쓰고 그 詩의 特質에 대해 論하라. (신동엽, 박재삼, 김수영, 신경림, 김춘수)'

하지만, 아무리 눈을 씻고 찾아봐도 나의 서정주는 어디에도 없었다.

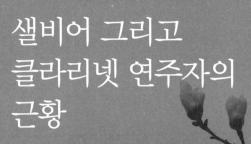

샐비어 그리고
클라리넷 연주자의
근황

—

고

운

기

1

고등학교 1학년 때, 우리 반의 특별구역 청소 담당은 음악실이었다. 음악실은 본관 2층에 있었다. 건물이 모두 세 동이었던 우리 학교의 가장 가운데 가장 작은 건물이 본관이었다. 교장실이나 교무실 그리고 행정실 같은 방이 모여 있는 본관에서 음악실만 학생의 공간인 셈이었다.

본관 2층으로 올라가는 계단 입구에는 대형 거울이 서 있었는데, 거울 아래쪽에 '명경지수(明鏡止水)'라는 네 글자가 새겨져 있었다.

잔잔한 물같이 맑은 거울—.

우리는 누구나 그런 마음을 가지려 했으나, 아주 오래된 건물의 복도는 이제 막 체중이 불어나기 시작하는 남학생의 뜀박질에 자주 삐걱거리는 소리를 냈다.

수업이 파한 늦은 오후의 교정은 언제나 적막했다. 본관과 서관 사이에 있는 둥그런 정원을 돌아가며 심어진 사철나무는 꽤 긴 역사를 지난 학교만큼이나 나이를 먹었는데, 우뚝 서서 자신의 주변에 심겨진 꽃들이 계절에 따라 피고 지는 풍경을 즐겼다. 나는 붉은 샐비어가 피는 초여름 무렵을 가장 좋아했다. 그것도 학생들이 돌아간 방과 후의 적막 속에 핀 붉은 꽃을 말이다.

앞 이야기가 좀 장황해졌다. 요는 음악실 청소를 마치고 내려오다 만나는 한가로운 교정의 샐비어가 지금도 그립다는 것이다. 내게는 그 풍경이 하나의 강의였다.

2

그런데 그해 가을이었다.

여름방학이 끝나고 다시 돌아온 교정에는 끝물의 샐비어가 피어 있었다. 음악실 청소를 마치고 그 꽃 옆에 잠시 쭈그리고 앉아 있는데, 방금 청소를 마치고 내려온 음악실에서 클라리넷 소리가 들려왔다. 음악 선생은 클라리넷을 전공한 분이었다. 수업 시간에야 보통 피아노를 쓰기 때문에 그의 클라리넷을 들어볼 기회는 없었다. 아마도 그날이 처음이었을 것이다.

갸름한 얼굴과 다정한 목소리를 지닌 분이었다. 우리들에게 늘 친근한 인상으로 다가오곤 했다.

어느 날 음악 시간, "봄의 교향악이 울려 퍼지는 청라 언덕 위에 백합 필 적에……"라는 노래를 가르치고선, 돌아가며 한 학생씩 일어나 불러보라고 했다. 한 친구가 선생님, 저는 한 옥타브 올려주세요, 했다. 선생은 씩 웃으며, 그러마, 했다. 다음 친구가 일어났다. 저는 한 옥타브 내려주세요, 했다. 옥타브가 뭔지도 모르는 것들이었다. 그저 한두 음정 낮춰달라는 말일 것이었다. 선생은 그래도 씩 웃었다. 다음 친구가 일어났다. 선생님, 저는 보통으로 해주세요.

한바탕 웃음으로 음악실은 난장판이 되었다. 다분히 장난기가 섞인 친구들의 3중주였다. 그래도 선생은 웃어넘겼다. 그런 분이었다.

나중에 알았지만, 실은 선생은 연말에 독주회를 열기로 했다는 것이었다. 학생들이 청소를 마치고 돌아가면 선생은 음악실에 혼자 남아 연습한다고 했다. 늦은 오후의 샐비어가 저무는 햇빛을 받아 더욱 붉은데, 나에게 클라리넷의 음색을 말하라면, 이것 말고 다른 어떤 것을 찾을 수 없다.

3

세상에 가장 싫은 것 가운데 하나가 청소 당번이다. 당번은 어찌 그다지 자주 돌아오는지……. 그러나 단언하건대, 그해 가을이 다 가고, 초겨울의 국립극장 무대에서 선생이 독주회를 열던 날까지, 나는 음악실 청소 당번이 돌아오길 손꼽아 기다렸다.

청소를 마치면 아주 특별한 강의가 시작된다. 샐비어 옆에 앉아, 지는 해의 따가운 햇볕을 손으로 가리면서 혼자 듣는 나의 수강은 호사스러웠다.

샐비어가 지고 난 다음에는 1층으로 내려가는 계단 중간에 앉아 선생의 연주를 들었다. 물론 선생은 내가 거기서 몰래 연주를 들었다는 사실을 몰랐다. 그때의 연주 곡목을 지금 기억할 수 없으나, 독주회 당일, 내 귀는 이미 충분히 기억된 소리를 아주 익숙하게 따라갔다. 실로 이런 강의를 들어본 적 있는가. 선생은 강의를 위해 연주한 것이 아니었다. 심지어 수강하는 학생이 있는지도 몰랐다. 학생이 일방적으로, 강의 아닌 강의를 그것도 오직 혼자서 몰래 들은 것이었다.

나는 그 한 학기를 이렇게 특이한 강의 속에서 행복하게 보냈다.

4

암 같은 큰 병에 걸려 헤매는 사경

부처를 본 사람은 머리를 깎고
예수를 본 사람은 신학교로 간다

설마 돈이 보여 장사하겠다는 사람은 없겠지

청소를 마치고 내려가는 음악실 계단

창 너머

텅 빈 교정 중앙 화단에 샐비어가 붉디붉은데

고요를 흔들며 퍼져 나가던

그래서 샐비어 꽃술을 간질이던 클라리넷 소리

나의 옛 클라리넷 연주자는

꽃술이 움직이듯 마음의 고요를 흔들어놓고

이제는 클라리넷을 놓았다고 한다

사경을 헤매고 그가 본 것은

그의 마음 깊은 저곳이었던가

나의 샐비어만 나와 함께 여름이 길다

— 졸시(拙詩), 「클라리넷 연주자의 근황」

5

강의 아닌 강의가 명강의였다고 말하면 나의 모교에 대한 모독이다.

전언에 따르면, 어떤 때는 문득 입술이 터지도록
클라리넷을 불고 싶다고 한다. 어련하겠는가.
그러나 목회자의 길에서 한 치도 벗어나지 않겠다고
맹세한 이상, 클라리넷 근처에 눈길조차 주지 않는다고 한다.
그러나 적막한 교정의 클라리넷 강의가 나를 시인으로
만들었노라고, 언제든 선생을 만나면 꼭 한 번 말씀 드리고 싶다.

사실 나를 움직인 명강의는 교실에서도 벌어졌다. 나는 그 가운데 한 가지를 이미 다른 지면을 통해 소개한 바 있다. 다름 아닌 정희성 시인과의 만남이다.

정희성 시인은 나의 고등학교 은사이다.

흐르는 것이 물뿐이랴
우리가 저와 같아서
강변에 나가 삽을 씻으며
거기 슬픔도 퍼다 버린다.
－정희성, 「저문 강에 삽을 씻고」 중에서

1978년 가을이었다. 군부독재의 단말마(斷末魔)가 가까이 들리던 무렵, 나는 고등학교 2학년 학생이었다. 국어 시간이면, 작은 키에 단아한 모습, 눈빛이 맑은 선생님 한 분을 나는 기다렸다. 정희성 시인이었다.

그러나 그가 좀체 시국을 입에 올린 적은 없었다.

어느 날, 3학년인 한 선배가 어느 문학지에 실린 시를 보여주었다. 「저문 강에 삽을 씻고」였다. 처음 넉 줄을 읽었을 때 '물'과 '삽'과 '슬픔'이라는 세 단어가 주는 울림에 떨었던 기억이, 30년도 넘은 오늘까지 선연하다.

그보다 먼저 정희성은 '흐를 수 없는 것은 우리뿐 아니라/저문 강 언덕에 떠도는 혼이여'(「流轉」에서)라고 노래한 적이 있었다. 몇 년의 정치적 신난(辛難)을 겪으며, 정희성에게 저문 강 흐르는 물은 어느새 자기화(自己化)되어 있었다.

이런 시인 밑에서 나는 차분히 문학으로 나갈 내 인생을 그려보곤 했다.

그럼에도 불구하고 지금까지 남은 내 기억 속의 명강의는 자주 교실을 벗어난다. 교실을 벗어나야 찾을 수 있는 명강의가 있다는 것은 행복하고도 슬프다. 우리의 교육 현장이 그렇기 때문이다.

6

클라리넷 선생의 소식을 다시 들은 것은 고등학교를 졸업하고 25년 만이었다. 내가 졸업하던 해, 선생은 한 번의 독주회를 더 갖고 미국으로 유학을 떠났다. 그의 실력과 성실함을 아는 이들은 누구나 그의 성공을 믿었다.

샐비어가 피는 교정을 찾아본 적이 있다. 졸업하고 거의 20년 만의 일이었다. 샐비어는 같은 키로 같은 색깔을 자랑하며 피어 있었다. 옆에 쭈그리고 앉아 동무가 되어주던 소년만이 새치 나는 중년이 되어 찾아왔을 뿐이었다. 그래도 그렇게 다시 만난 것으로 반가웠다. 그리고 5~6년이 지난 다음, 동문들이 모이는 자리에서 나는 선생의 소식을 들었다. 실은 미국에 간 다음 얼마 안 있어 유학을 포기했다는 것이며, 큰 병을 얻어 사경을 헤매다 기독교에 귀의했고, 목사가 되어 일한다고 했다.

그의 일생이 주마등처럼 상상 속에서 스쳐 지나갔다. 음악을 포기하는 건 그에게 안타까운 일이었을 것이다. 그러나 종교적 신념으로 새로운 인생을 개척한 것은 보람이었겠다 싶었다.

전언에 따르면, 어떤 때는 문득 입술이 터지도록 클라리넷을 불고 싶다고 한다. 어련하겠는가. 그러나 목회자의 길에서 한 치도 벗어나지 않겠다고 맹세한 이상, 클라리넷 근처에 눈길조차 주지 않는다고 한다. 그러나 적막한 교정의 클라리넷 강의가 나를 시인으로 만들었노라고, 언제든 선생을 만나면 꼭 한 번 말씀 드리고 싶다.

인생 수업

—

양

귀

자

소설가들은 평생 자신의 뇌에 아로새겨진 생의 여러 가지 기억들을 전환, 확대 혹은 변용하면서 주어진 작업을 극대치로 밀고 나가는 사람들이다. 잊을 수 없는, 도저히 잊히지 않는 생의 기억이 많으면 많을수록 유리할 것이다. 하고 싶은, 꼭 해야만 하는 이야기가 가슴속에 그득히 쌓여서 밤이고 낮이고, 먹고 자는 일도 잊은 채, 마구 글자판을 두들겨대는 소설가의 모습, 가끔 그런 장면이 묘사된 영화나 소설을 볼 때마다 내 마음은 부러움으로 미어진다. 먹고 자는 일을 잠시 미뤄본 적은 있어도 결코 잊어본 적은 없는 한 소설가로서의 부러움이다.

딱히 그런 수준이 아니어도 소설가는 될 수 있다. 우리 모두 나름대로는 온갖 일을 겪으며 이 세상을 살아간다. 누구에게는 아무것도 아닌 일이 또 다른 누구에게는 의미심장한 경험이 되고, 바람 한 줄기가 묻혀오는 사연들도 가지각색인 것이 인생이다. 나라고 다를 바가 없다. 내가 남겨놓고 떠나온 과거의 페이지에는 나름대로 강한 기억과 희미한 기억들이 엉켜 있다. 그래서 때로 추억에 잠기기도 하고 가끔은 후회의 물결에 휩싸이기도 한다.

소설가로 오래 살다보면 각인된 기억들은 진즉에 여러 가지 이야기로 다양하게 변주되어 자신의 소설 속에 기록된다. 강렬하지 않은, 희미한 기억도 필경 여기저기 동원되었을 것이다. 어떤 것이라 해도 상관없다. 확대와 전환의 묘를 연마하는 것이 소설가들의 일상이므로 사소한 실마리 하나로 의도하지 않은 성공을 얻을 수도 있다. 심지어 전환에 전환을 거듭하다보면 어느 순간 이야기의 원본이 사라지는 경우도 다반사다.

문제는 바로 그 '원본'에 있다. 소설이 아닌 글쓰기에서는 원본이 비교적 충실하게 노출되어야만 한다. 허구의 글쓰기가 아닌 이상 조작은 있을 수 없다. 그런데 소설가가 소설만 쓰며 살 수는 없다. 소설을 포함한 여러 가지 글을 쓰며 살아간다. 때로는 말도 많이 해야 한다. 원본이 자꾸 누설되는 것이다. 물론 그렇게 해야 한다고 정해진 법은 없다. 소설이 아니고는 절대 움직이지 않겠다, 라고 말할 수도 있겠지만 아직 그렇게 선언한 소설가는 만나지 못했다. 선언 따위에는 한없이 서툰 나는 그저 이런 생각만 요모조모 하면서 살아간다.

확실히 변명의 글은 서두가 길다. 나는 지금 기억의 원본은 무궁무진하지 않다, 는 변명을 하고 있는 셈이다. 그럼에도 불구하고 기억을 파헤치라는 질문은 참 무궁무진하다. 잊히지 않는 유년의 추억, 잊을 수 없는 친구, 잊을 수 없는 인생의 스승, 잊을 수 없는 맛, 사랑, 책, 여행지, 장소······.

그리고 지금, 나는 내 삶에 영향을 미친 '잊을 수 없는 수업'이라는 질문에 당면해 있다. 앞서 이미 누누이 말한 대로 이런 글쓰기는 소설이 아닌 까닭에 변용하거나 확대할 수 없다. 원본을 제출해야 하는 것이다. 무궁무진할 리가 없는 그 원본을 또 찾아보라는 주문이다. 난감하지만, 삶에는 피치 못할 사정이라는 게 항용 있는 법이니 책상 앞에 앉는다.

기억을 더듬다가 나는 희미하게 웃음을 짓는다. 잊고 있었던 학창 시절의 여러 수업 풍경이 떠올라서였다. 누구에게나 있음직한 그런 추억들. 남들과 다른 것이 있다면 거의 모든 수업 시간에 나는 틈틈이 소설책을 읽고 있었다는 정도. 고등학교 시절에는 아예 선생님들도 묵인하기로 결심한 듯 나무라지도 않았다. 특히 3학년 때의 수학 선생님, 나를 금방 포기했다. 그래서 생애 최초 수학 시간이 즐거웠다.

하지만 이런 이야기를 쓸 수는 없다. 스승이 있고, 그 스승이 강단에서 압도적인 감동의 메시지를 전달했다, 그래서 내 인생이 어느 순간 바뀌고야 말았다, 식의 예화가 필요한데 도무지 발견되지 않는다. 조금 더 양보해서, 그때 그 시절에는 무심히 흘러 넘겼던 수업 시간의 선생님 그 한마디가 인생의 고비 고비, 두고두고 내게 채찍이 되었다는 식의 흐뭇한 경험담도 나타나주지 않는다.

이건 선생님들의 잘못이 아니다. 순전히 내 불찰이다. 바로 그런 발언이 있음직한 순간에 아마도 나는, 아니 분명히, 교과서 밑의 소설책에 홀려 있었을 것이다. 좀 깊이 생각하면 다른 해석도 가능해진다. 선생님들이 내게 소설 읽기의 자유를 주었으므로 훗날 소설가가 될 수 있었다. 인생에 이보다 더 심각하게 영향을 끼친 수업이 어디 있으랴. 선생님들 모두 합동으로 나를 소설가로 만들었다. 그러므로 애당초 제도권 수업에 관한 기억을 더듬을 일이 아니었다. 수업의 의미도 그렇게 좁혀서 생각할 필요가 없었다. 그러고 나니 비로소 숨통이 트였다.

이토록 긴 변명을 앞세우면서 마침내 본격적인 이야기를 시작한다. 결국 원본을 하나 찾아낸 것이다. 그것도 가장 최근의 것으로.

지난 1월, 나에게 편지 한 통이 배달되었다. 하루도 거르지 않고 우편물이 배달되지만 대부분 잡지거나 책, 혹은 고지서, 안내문 등 인쇄물들인 것은 내 경우도 별반 다르지 않다. 글자로 전달되는 개인적인 소식은 이미 이메일이나 휴대폰 문자메시지로 충분히 소통되고 있으므로 우체통을 열면서 거기에 편지가 들어 있으리란 기대는 별로 하지 않는다. 가끔씩 독자들의 편지가 오기는 한다. 주로 초등학생이거나 중학생이다. 학생들의 편지는 대략 비슷하다. 소설을 잘 읽었다, 감동적이었다, 그런데, 이 편지를 받은 후에는 꼭 답장을 해줘야 한다, 꼭이다, 꼭 답장이 필요하다……

그마저도 요즘은 뜸하다. 당연한 일이다. 나는 어쩌다 보니 거의 10년 가까이 소설을 쓰지 않고 있었다. 삶은 그런 것이다. 모든 일이 '어쩌다 보니' 그렇게 흘러가버린다. 반드시 중대한 이유가 있어야 하는 것이 아니다. 여하튼, 그러다가 올겨울 한 문예지의 신년호에 단편소설을 하나 발표했다. 소설을 쓰던 며칠 동안 비로소 제자리로 돌아왔다는 느낌, 확실히 있었다. 그 몰입의 시간들 때문에 모처럼 행복했다.

누구나 다 알고 있듯이 요즘 문예지를 읽는 사람은 관계자들 외에는 거의 없다. 그러므로 내가 거기에 소설을 발표했다는 사실도 관계자들 외에는 잘 모른다. 나는 그저 앞으로의 '나'에 대해 염려했을 뿐이다. 몰입의 행복을 계속할 수 있을지, 기껏 단절을 이어놓고 다시 간격을 넓히고 있을 것인지, 오직 나에 대해서만 고민하고 있었다.

그리고 얼마 후, 그 편지를 받은 것이다. 부산에 사는 독자의 편지였다. 필기도구로 만년필을 사용한 듯한 봉투의 발신인, 수신인 주소의 글씨가 그럴 수 없이 반듯했다. 안의 내용물도 마찬가지였다. 만년필 손 글씨는 달필이었으며 정성을 다해 한 줄 한 줄 써나갔다는 느낌이 역력했다. 편지의 시작은 이러했다. 양 선생님 안녕하십니까.

글씨체나 사용하는 단어들로 보아 절대 젊은 독자는 아니었다. 가령, '우리들의 일상적인 생활의 감칠맛을 영절스럽게도 잘 살려 쓴 선생님 작품들……'이라고 쓰고 있는데, 특히 '영절스럽게도'라는 낱말을 적확하게 사용하고 있는 것으로 미루어선 내 윗세대일 수도 있다는 추측이 들었다.

그분은 서두에 자신은 문학을 좋아하는 사람으로 그동안 내 작품에 매력을 갖게 되어 지속적으로 탐독하고 있는 독자라고 밝혔다. 이어서, 다른 일에 몰두하느라 별다른 문학 활동을 보이지 않고 있는 나에게 적지 않은 독자들이 아쉬움을 품고 있다는 사실을 아는지 모르겠다고 적었다. 거기까지는 나도 애써 담담했다. 그보다는 인생의 긴 행로를 여전히 문학과 함께하는 그분이 더욱 감동스럽다고 생각했다.

그리고 영원히 잊을 수 없는 문장이 이어진다. 그분에게 양해도 구하지 않고 옮기는 것이어서 마음이 좀 불편하지만 내 뜻을 헤아려줄 것이라 믿기로 한다.

'……오래간만에 「현대문학」 2010년 1월호에 눈곱만치 몇 자 적었습디다. 구렁이 알같이 아껴 저금해놓은 수월찮은 돈으로 샀는데, 글이 짧아 원 참, 애간장을 녹입니다. 지금껏 글만 써왔으면 참 좋으련만……'

나는 몇 번이나 그 구절을 되풀이해 읽었다. 읽고 또 읽다가 그만 편지를 내려놓고 멍하니 한참을 앉아 있었다. 세상에, 이렇게나 생생한 어휘로 소설에 대한 나의 같잖은 고뇌를, 그리하여 태연히 저지르고 있는 직무유기를 깨우쳐준 사람은 그동안 단 한 명도 없었다. 이건 뭐, 단숨에 나를 제압하고도 남을 문장이었다.

어딘가에서 내가 오랜만에 소설을 발표했다는 소식을 듣고 구렁이 알같이 아껴온 저금을 덜어내 잡지를 사는 독자, 그런데 눈곱만치 짧게 써서 도무지 돈값을 못해주는 야속한 소설가. 좀 길게라도 쓰든가, 아니면 자주라도 쓰든가…….

멍하니 앉아 있던 나는 서둘러 두 가지 사항을 확인했다. 첫 번째는 문예지의 가격. 그 잡지는 매년 신년호에 문인 주소록을 싣고 있어서 신년호만 정가가 몇천 원 오른다고 했다. 내가 들어도 가격이 좀 셌다. 두 번째는 내가 쓴 소설의 원고 매수. 기획 특집으로 게재된 것이어서 단편소설이라 해도 다소 짧은 분량이긴 했다. 정확히 88매. 90매라도 채울 것을.

먼 곳 부산의 한 독자가 올해 1월 22일에 쓴 그 편지는 아직도 내 책상 위에 놓여 있다. 여태 답장은 쓰지 못했다. 쓰려고 몇 번 마음을 먹기는 했었다. 만년필 꺼내들고 흰 종이 꺼내들고, 그러다가 포기하곤 했다. 그분이 원하는 것은 짧디짧은 답장이 아니라 길고 긴 소설이 아니었던가 생각하면 정말이지 답이 없었다. 실제로 답장을 바란다는 언급도 없다.

오랫동안 소설을 쓰지 못하면서도 누군가에게 진실로 미안하다는 생각은 해본 적이 없었다. 독자들이 있어 소설을 쓴다는 말, 그동안 적어도 세 번 정도는 한 것 같은데 이런 독자, 이런 격려까지는 상상하지 못했다. 이거야말로 소설가가 독자한테 받을 수 있는 최대치의 행복한 격려. 나한테 과연 그런 자격이 있기나 한 건지 되묻게 만든다. 만약 새로운 소설집을 묶는다면, 가장 먼저 그분에게 책을 보내드릴 것이다. 길고 긴 답장을 쓰느라 많이 늦었다는 말과 함께.

지금도 나는 가끔씩 그 편지를 읽는다. 처음 읽었을 때 나를 멍하게 했던 몇 줄의 문장은 다시 읽어도 여전히 큰 울림을 준다. 그 몇 줄의 문장은 내게 많은 것을 가르친다. 긴 시간 소설을 붙잡고 씨름하면서 책으로, 혹은 경험으로 체득한 어떤 문학이론보다 더 강렬한 설득력을 가진다. 앞으로도 나는 이 편지에서 많은 것을 배울 것이다.

이것이 바로 인생 수업이다, 라고 나는 믿는다. 다시 소설을 쓴다면, 그 소설은 아마도 많은 부분 이 수업에 빚져 있을 것이다.

강진

1967년 전남 순천 출생. 건국대학교 국어국문학과 졸업. 2007년 「현대문학」 신인상에 소설 「건조주의보」가 당선되어 등단. 「예인선」, 「흰바퀴벌레 이야기」, 「그들은 어디로 갔을까」, 「폭설」, 「고양이와 헤이쯔마」, 「회전목마 안으로 걸어가다」 등 발표. 공동 작품집 『피크』, 『캣캣캣』.

고운기

1961년 전남 보성 출생. 한양대와 연세대 대학원 국문학과 졸업. 1983년 동아일보 신춘문예에 시가 당선되어 등단. '시힘' 동인. 시집 『자전거 타고 노래 부르기』, 『나는 이 거리의 문법을 모른다』 등. 저서 『우리가 정말 알아야 할 삼국유사』, 『도쿠가와가 사랑한 책』 등. 현재 한양대 문화콘텐츠학과 교수.

고형렬

1954년 강원도 속초 출생. 1979년 「현대문학」을 통해 등단. 시집 『大靑峯 수박밭』, 『밤 미시령』 외 다수. 반핵 장시 『리틀 보이』, 장편 산문 『은빛 물고기』, 산문집 『시 속에 꽃이 피었네』, 어린이 시경(詩經) 에세이 『아주 오래된 시와 사랑 이야기』, 동시집 『빵 들고 자는 언니』, 삼인 시집 『포옹』, 아시아 11인 시 앤솔러지 『얼마나 작은 분명한 존재들인가』 등.

권태현

1958년 대구 출생. 1981년 '국시' 동인으로 활동하며 시 발표 시작. 1985년 매일신문 신춘문예 소설 당선. 공동 시집 『국시』, 『잠시 나가본 지상』, 『안경 너머 지평선이 보인다』, 장편소설 『돌아라 바람개비』, 『길 위의 가족』, 짧은 소설집 『벌거벗은 웃음』, 산문집 『공감하라, 세상을 다 얻은 것처럼』, 창작동화 『찌그덕 빼그덕 우리 집 사랑』, 『어쭈, 굴러온 돌이?』 등.

김규나

2006년 부산일보 신춘문예 단편 「내 남자의 꿈」, 2007년 조선일보 신춘문예 단편 「칼」 당선. 2008년 문예진흥기금 수혜. 2007년 「현대문학」, 2008년 「문장웹진」, 「작가와사회」, 「리토피아」, 2009년 「내일을 여는작가」, 「좋은소설」에 각각 단편소설 「바이칼에 길을 묻다」, 「퍼플레인」, 「뿌따뽕빠리의 귀환」, 「코카스칵티를 위한 프롤로그」, 「달, 콤포지션- 7」, 「테트리스2009」발표. 공동 산문집 『설렘』.

김나정

1974년 서울 출생. 상명여대 교육학과, 서울예대 문창과, 중앙대 대학원 문창과 졸업. 고려대학교 문예창작과 박사 과정. 2003년 동아일보 신춘문예에 소설 「비틀스의 다섯 번째 멤버」로 등단. 2006년 「문학동네」 평론 부분 신인상에 당선되어 문학평론가로 등단. 소설집 『지하실의 애완동물』, 청소년 평전 『꿈꾸는 건축가, 가우디』, 『만화의 신 데즈카 오사무』, 자기계발서 『신데렐라가 백설공주보다 아름다운 이유』 등.

김선재

1971년 서울 출생. 숭실대 문예창작과 박사 과정 재학 중. 2006년 「실천문학」 소설 부문에 단편 「그림자 군도」로 등단. 2007년 「현대문학」 시 부문에 시 「광대곡」 외 4편으로 신인 추천. 공동 산문집 『가족은 힘이다』, 『설렘』.

김용택

1948년 전북 임실 출생. 1982년 창비 21인 신작 시집 『꺼지지 않는 횃불로』에 「섬진강 1」 등을 발표하며 작품 활동 시작. 시집 『섬진강』, 『맑은 날』, 『그 여자네 집』, 『나무』, 『연애시집』, 『그래서 당신』, 산문집 『그리운 것들은 산 뒤에 있다』, 『섬진강 이야기』, 『사람』, 『오래된 마을』, 『시인과 스님, 삶을 말하다』(공저), 동시집 『콩, 너는 죽었다』, 『너 내가 그럴 줄 알았어』 등. 김수영문학상, 소월시문학상 등 수상.

김종광

1971년 충남 보령 출생. 중앙대 문예창작학과 졸업. 동 대학원 박사 과정. 1998년 문학동네신인상에 단편 「경찰서여, 안녕」 당선. 2000년 중앙일보 신춘문예 희곡 「해로가」 당선. 소설집 『경찰서여, 안녕』, 『모내기 블루스』, 『낙서문학사』, 『처음의 아해들』, 청소년 소설 『처음 연애』, 『착한 대화』, 중편 「71년생 다인이」, 「죽음의 한일전」, 장편 『야살쟁이록』, 『율려낙원국』, 『첫경험』, 『군대 이야기』 등. 신동엽창작상, 제비꽃서민소설상 수상.

도종환

1954년 충북 청주 출생. 1984년 '분단시대' 동인으로 활동하며 시 발표 시작. 시집 『고두미 마을에서』, 『접시꽃 당신』, 『내가 사랑하는 당신은』, 『지금 비록 너희 곁을 떠나지만』, 『당신은 누구십니까』, 『부드러운 직선』, 『슬픔의 뿌리』, 『해인으로 가는 길』, 시선집 『울타리꽃』, 산문집 『지금은 묻어둔 그리움』, 『그대 가슴에 뜨는 나뭇잎배』, 『사람은 누구나 꽃이다』, 『그대 언제 이 숲에 오시렵니까』, 어른을 위한 동화 『바다유리』 등. 올해의 예술상, 민족예술상, 신동엽창작상 등 수상.

서진연

1969년 서울 출생. 한국방송통신대학교 국어국문학과 졸업. 2007년 문화일보 신춘문예 단편소설 「붉은 나무젓가락」 당선. 2007년 「현대문학」 4월호에 단편 「글루미 선데이」, 2007년 「작가세계」 겨울호에 단편 「아내를 위한 비망록」 발표. 공동 작품집 『가족은 힘이다』, 젊은 소설 8번째 작품집 『어항 속 푸른 물고기』 등.

양귀자

1955년 전주 출생. 원광대 국문과 졸업. 1978년 「문학사상」 신인상으로 등단. 소설집 『귀머거리새』, 『원미동 사람들』, 『슬픔도 힘이 된다』, 장편소설 『희망』, 『나는 소망한다 내게 금지된 것을』, 『천년의 사랑』, 『모순』 등. 유주현문학상, 이상문학상, 현대문학상, 21세기 문학상 수상.

은미희

광주대학교 문예창작과 졸업. 1996년 전남일보 신춘문예 단편소설 부문 당선. 1999년 문화일보 신춘문예 단편소설 부문 당선. 2001년 삼성문학상 수상. 장편소설 『비둘기집 사람들』, 『소수의 사랑』, 『바람의 노래』, 『바람남자 나무여자』, 『18세 첫경험』, 『나비야 나비야』, 작품집 『만두 빚는 여자』, 청소년 평전 『조선의 천재 화가 오원 장승업』, 『창조와 파괴의 여신 까미유 끌로델』, 동화 『인당수에 빠진 심청』 등.

이명랑

1973년 서울 출생. 이화여대 교육대학원 졸업. 1997년 문학 무크지 「새로운」에 시 「에피스와르의 꽃」 외 2편으로 등단. 장편소설 『꽃을 던지고 싶다』로 소설가로도 작품 활동 시작. 장편소설 『삼오식당』, 『나의 이복형제들』, 『슈거 푸시』 등.

이순원

1957년 강릉 출생. 1985년 강원일보 신춘문예에 「소」 당선. 1988년 「낮달」로 「문학사상」 신인상 당선. 1996년 「수색, 어머니 가슴속으로 흐르는 무늬」로 제27회 동인문학상 수상. 1997년 「은비령」으로 제42회 현대문학상 수상. 2000년 「아비의 잠」으로 제1회 이효석문학상, 『그대 정동진에 가면』으로 제5회 한무숙문학상 수상. 2006년 『애들아 단오가자』로 제1회 허균문학작가상, 「푸른 모래의 시간」으로 제2회 남촌문학상 수상. 창작집 『첫눈』, 『그 여름의 꽃게』, 『얼굴』, 『말을 찾아서』, 『그가 걸음을 멈추었을 때』, 장편소설 『압구정동엔 비상구가 없다』, 『수색, 그 물빛 무늬』, 『아들과 함께 걷는 길』, 『순수』, 『첫사랑』, 『19세』, 『나무』 등.

이승우

1959년 전남 장흥 출생. 서울신학대학 졸업. 1981년 중편 「에리직톤의 초상」으로 「한국문학」 신인상 수상하며 등단. 소설집 『구평목 씨의 바퀴벌레』, 『미궁에 대한 추측』, 『사람들은 자기 집에 무엇이 있는지도 모른다』, 『나는 아주 오래 살 것이다』, 『오래된 일기』, 장편소설 『에리직톤의 초상』, 『가시나무그늘』, 『생의 이면』, 『식물들의 사생활』, 『그곳이 어디든』, 『한낮의 시선』, 산문집 『당신은 이미 소설을 쓰기 시작했다』, 『소설을 살다』 등. 현재 조선대학교 문예창작학과 교수로 재직 중. 대산문학상, 동서문학상, 현대문학상 수상.

조해진

1976년 서울 출생. 이화여대 교육학과와 동 대학원 국문과 졸업. 2004년 〈문예중앙〉 신인문학상으로 등단. 소설집 『천사들의 도시』, 장편소설 『한없이 멋진 꿈에』 등.

해이수

2000년 「현대문학」 중편소설 부문으로 등단. 작품집 『캥거루가 있는 사막』, 『젤리피쉬』 등.

수업

1판 1쇄 발행 2010년 5월 24일
1판 5쇄 발행 2010년 6월 15일

지은이　　　김용택, 도종환, 양귀자, 이순원 외
사진　　　　김장현, 허윤형

발행인　　　허윤형
기획　　　　모던타임즈
편집　　　　이형진
영업마케팅　김창희

펴낸 곳　　　황소북스
주소　　　　서울 마포구 서교동 375-37번지 303호
전화　　　　02)334-0173 팩스 02)334-0174
홈페이지　　www.hwangsobooks.co.kr
등록　　　　2009년 3월 20일(신고번호 제313-2009-56호)

ISBN 978-89-963287-2-8 (03810)